Vivre et Laisser tomber

Vivre et Laisser tomber

YANN STOTZ

ISBN: 9781790190812
ISBN-13:

« Quel intérêt à l'opinion des autres ? Les animaux ne se consultent pas sur leurs congénères. Ils regardent, ils flairent, ils sentent. Dans l'amour comme dans la haine, et dans tous les échelons intermédiaires, ne compte que ce que l'on constate soi-même. Mais les gens ne se fient pas à leur instinct. Ils cherchent des confirmations. Si bien qu'ils demandent à n'importe qui s'ils doivent aimer telle personne ou non. Et comme on aime mieux dire du mal, ils obtiennent toujours une réponse défavorable ou en tout cas mitigé. »

Ian Fleming « Opération Tonnerre »

Larry Nelson descendit avec soulagement de son Taxi dans l'immense rue Pingslay, heureux d'échapper aux odeurs épicées qu'offraient les aisselles du sympathique chauffeur moustachu en cette chaude journée caniculaire. La rue était belle et calme, des villas de luxe étaient dissimulées derrière une sublime végétation qui fleuraient bon le luxe et l'argent. C'était presque agréable.

Presque… Si la chaleur humide n'alourdissait pas ses moindres mouvements. Si la fine chemise en lin qu'il portait n'était pas déjà collée à son dos tel un rideau de douche vaporeux amoureux du corps d'une jeune cheerleader blonde venant tout juste de fêter ses vingt ans mais... nous nous égarons dans des parallèles érotiques à la David Hamilton n'ayant aucune utilité à l'histoire.

Nelson, chemise déboutonnée, s'avança dans une immense allée menant directement à une maison de style colonial dont la hauteur n'est plus à prouver car ni lui, ni moi, n'avons de mètre déroulable dans la poche en ce moment. Sur la façade de celle-ci s'érigeaient deux drapeaux qui, eux aussi, épuisés par cette chaleur humide, pendouillaient tristement comme une partie du corps humain que la décence m'empêche de citer ici.

« Voilà qui représente bien l'état de notre pauvre pays », songea-t-il amusé tout en se dirigeant vers l'imposante porte en bois blanc. Il pénétra dans un bureau d'accueil ressemblant étrangement à certains décors en résine que l'on peut apercevoir dans les parcs d'attractions. Tout y était cliché. Là, derrière l'accueil, deux employés imbibés par la moiteur ambiante vaquaient à des besognes administratives. Les deux pauvres secrétaires transpiraient à grosses gouttes. Des flaques de sueur au sol faisant flotter les papiers perdus pouvaient être visible dès l'entrée. Leur cheveux semblaient comme mouillés par une pluie diluvienne. D'un rapide coup d'oeil, Nelson remarqua les plantes vertes du hall qui transpiraient aussi. Les lustres, les fauteuils, même les comédiens visibles dans la petite télévision posée sur le meuble d'entrée dégoulinaient sans vergogne en lançant la réplique à leur partenaire.

- Je souhaite m'entretenir avec l'ambassadeur, dit Nelson. J'ai rendez-vous avec lui ! Voici ma carte.

Il sorti un carton de sa poche arrière ressemblant plus à un bout de papier mâché qu'à une carte de visite.

- Ah ! Oui, asseyez-vous je vous en prie.

Le secrétaire laissa Nelson s'asseoir sur une chaise flottante de piscine dans un silence assourdissant. Les bruits du plastique gonflé ne dérangeaient même pas le second fonctionnaire. Le pauvre était scotché à son écran, la moitié de sa jambe avait fondue à cause de la chaleur. Le premier ne tarda pas à réapparaitre.

-Monsieur l'Ambassadeur va vous recevoir de suite. Veuillez me suivre, je vous prie.

Il emboita le pas de ce dernier afin de quitter cette entrée luxuriante. Le temps de se lever et de passer la porte, le second secrétaire avait entièrement fondu et faisait des bulles. C'est dire si l'auteur fait tout pour que vous compreniez qu'il faisait vraiment très chaud dans cette scène.

Par un grand escalier, il accéda à un escalier moyen qui donnait sur un petit escalier qu'il emprunta aussi. Un fois passé l'escalier minuscule, il fut introduit dans le cabinet du représentant diplomatique de la France.

Il était grand, bronzé, la cinquantaine, l'oeil clair, il se leva pour saluer son visiteur Parisien.

- Cher Monsieur Larry Nelson. Bienvenu chez nous ! C'est un plaisir de vous recevoir, bien que je ne vois pas comment vous pourrez nous aider dans cette affaire compliquée. Enfin... Si vous avez besoin de quoi que ce soit, je suis avec vous, demandez-moi ce que vous voulez. Que puis-je vous offrir ? un café, un chocolat, un whisky, une bière ?

-Mmmm... non merci ça ira...

- Un mojito ?

- Non non merci bien

- Un cuba libre ? Tequila, Rhum, Curacao, Goldschlager, Captain Morgan, Sour Puss, Peachsnapp, Crème de menthe ?

- Non non c'est très gentil vraiment !

- Sangria ? Gilmet, Daïquiri, Mimosa, Carmina, Mirabelle, Sapporo, Brandy ? Porto peut être ?

-Non merci

- Du vin rouge ? Du blanc ? un jus de fruit ? une absinthe, aperol, Suze, anisette ? un petit Armagnac ?

- Non non vraiment je…

- Cidre, Saké, Vodka, Téquila, Martini, Pastis , Gin Fizz, Last Call, un kir ? Un jus de légume, une poire, un shot, un rhum arrangé ?

- Bon, je prendrai un Bloody Mary dans ce cas

- Un Bloody Mary ? Je crains que nous n'ayons pas ça ici monsieur, nous ne sommes pas dans un bar. Le choix est restreint.

- Tampis laissons tomber

- Parfait ! Fit l'homme en souriant

Les appréhensions de Larry s'évanouirent assez rapidement. Il avait peur de trouver en la personne de l'ambassadeur un personnage détaché et hautain, presque sévère. Or, il avait en face de lui un type sympathique et facile d'accès, en slip jaune et dont l'élastique était légèrement détendu.

- Fichtre ! s'écria Nelson . Je pense un peu la même chose, je ne suis pas certain de vous être d'une grande aide par ici. J'ai lu votre rapport au Quai d'Orsay, c'était incompréhensible.

- Je sais, je suis dyslexique de naissance !

- Non non , là n'est pas la question ! La sueur de votre main à effacé l'encre avant que le courrier n'arrive à Paris. C'est difficilement lisible. Que s'est-il passé ?

Un homme de maison appelé par une clochette disposée sur le bureau vint aux ordres. Les gouts de Nelson en matière d'alcool étant internationalement connus, ils posa sur le bureau un bloody-mary dans lequel il avait remplacé la vodka par de la Suze et le jus de tomate par du cacao.

- Ce qui s'est passé… Et bien… Je n'en ai aucune idée. Je ne connais que les faits. Le gouvernement à lancé il y a quelques temps une opération contre des maquisards rebelles, et lorsque qu'une section d'infanterie était en action, elle à découvert un dépôt d'armes, et pas des moindres. Je me suis donc immédiatement rendu sur les lieux. C'était assez gênant comprenez-vous, j'étais en slip.

- Je comprends .

- Le lot d'armes comportait plus de cinquante caisses renfermant toutes du matériel de fabrication française. 48 heures plus tard, j'ai été convoqué par le ministre des affaires étrangères de l'Union birmane, qui m'a remis une note de protestation, ce qui fut extrêmement gênant, car j'étais en slip. Comprenez que les autorités locales ont pris la chose assez mal, et ma position ici s'est largement détérioré.

- Vous auriez peut être du mettre un pantalon et une chemise.

- Non, vous ne saisissez pas, tout s'est détérioré à cause des armes ! Le slip n'a rien à voir dans cette affaire.

- Je vois, je vois. dit Nelson. On va finir par soupçonner la France d'aider non-officiellement des rebelles voulant renverser le régime de ce pays.

- Rassurez-moi ! Ce n'est pas le cas n'est ce pas ?

- Pas du tout, à Paris nous étions tous très surpris, et extrêmement gênés !

- Vous étiez en slip ?

- Non, gênés, car ce n'est justement pas le moment de dégrader nos relations avec Rangoon !

- Ah… Oui.. J'ai d'ailleurs toujours oeuvré dans ce sens. Mais cette découverte risque de tout compromettre, imaginez les conséquences que cet incident pourrait avoir sur les échanges économiques entre nos deux pays.

Larry Nelson pris une gorgée de Bloody-suze-choco-mary et en fit ressortir la moitié par ses narines.

- Pardonnez-moi, une légère déviation de la cloison nasale m'empêche de boire normalement.

- Ce sont des choses qui arrivent !

- Je suis arrivé chez vous pour avoir de plus amples informations. Nous sommes convaincus qu'un évènement tel que celui-ci pourrait s'avérer dangereux, et il est hors de question de présenter des excuses, cela voudrait dire que nous avons une part de responsabilité dans l'affaire. Il faut nous défendre, et prouver que les armes données aux rebelles ne sont en aucun cas l'oeuvre des français.

- Je vous laisse le soin de découvrir la vérité. Il faut de toute urgence révéler aux Birmans la véritable identité des personnes qui ont fait en sorte que ces armes ont abouti chez les maquisards. Un cadeau empoisonné je sais. Je n'y crois pas beaucoup, la forêt, les dangers, les autochtones, les crocodiles, la chaleur, le flou total de ce dossier… Allez traquer l'itinéraire de ce lot sans savoir combien de temps il est resté aux mains des guérilleros n'est pas une mince affaire. Je sais depuis longtemps qu'ils utilisent du matériel américain mais si notre belle France est montrée du doigt je ne m'en remettrai pas.

- De toute évidence, vous ne me connaissez que trop peu. Mon nom est Nelson, Larry Nelson, et j'ai déjà résolu des problèmes bien plus difficiles, s'écria Nelson et reprenant une lichette de son drink tout en le recrachant par le nez. J'ai plus de 300 missions à mon actif, j'ai découvert les cachettes secrètes des plus grands terroristes et percé le mystère des mentons enflés de deux scientifiques jumeaux très connus dans mon pays. Tout ce que je vous demande, c'est un minimum de coopération de la part des autorités.

Retirant des bouloches de laines de son nombril, l'Ambassadeur répondit :

- Je vais faire de mon mieux, j'ai encore un minimum de respect ici pour l'obtenir. Mais je tiens à vous prévenir, ces gens n'ont, en aucune manière, des coutumes qui nous sont proches. Ils sont imprévisibles. Ils sont un curieux mélange de vieilles valeurs et de susceptibilités. Nous sommes dans une dictature militaire ou la religion est omniprésente. Leur sympathie vont plus à la Syrie, à la Russie et au Népal qu'à l'Occident et pourtant, je les ai vu exterminer des extrémistes avec des catholiques et des juifs. Ils se réunissent pourtant chaque samedi pour prier autour d'un couscous aux lardons. Le porc est un animal sacré ainsi que l'écureuil qui est l'emblème de leur drapeau. Ils mangent parfois des poutines au sirop d'érable en mélangeant le tout avec des Falafels du Liban. Le tout arrosé d'un Beaujolais Nouveau. C'est un peuple incompréhensible, très difficile à cerner.

Comprenez que depuis cette affaire, ma délicate mission s'en est trouvée d'autant plus compliquée.

Nelson laissa couler le chocolat de ses narines dans un silence assourdissant.

- J'ai tout de même l'impression d'avoir atterri dans un pays pauvre n'est-ce pas ?

- Vous avez remarqué ?

- Oui, dès mon arrivée à l'aéroport. Un homme à tenté de me vendre son pied qu'il venait de couper. Un autre à même essayé de me prélever un rein à la borne des taxis.

- Vous êtes effectivement dans un pays sous-développé depuis la guerre. Ici, tout à été détruit, il a fallu refaire les routes, les ponts, les immeubles, les bâtisses, les slips. Et le peu que vous apercevez ici est le fruit de plus de 50 ans d'efforts.

Nelson avait du mal à chasser l'image des munitions de son esprit.

-Les armes, les avez vous vues ?

L'hommes regarda le plafond

- Non pas de mes propres yeux. Attendez, vous doutez de la véritable existence de ce lot ?

- J'avoue que l'hypothèse du « prétexte » inventé uniquement dans le but de salir notre image et nos relations avec ce pays m'est apparu en mémoire un instant. Il faut que je vois ces armes. Dites-moi encore, les troupes régulières, où se fournissent-elles ?

L'Ambassadeur répondit en sortant une chaussette en boule de son imposant nombril.

- Les armes, avions, bateaux viennent du monde entier, Russie, Amérique, Japon. 100 000 hommes en armée uniquement. Histoire d'assurer la sécurité intérieure. Les gens sont pacifiques ici, ils offrent des colliers de fleurs en fumant de l'herbe. On se croirait chez Florent Pagny, les anciens ont des cheveux gris et sont habillés comme des vieux messieurs sortant tout droit d'un cirque ambulant.

- Mais alors que veulent les insurgés ?

Son interlocuteur lui répondit en sortant de son nombril trois autres boulettes de laine et un petit coquillage.

- Ils veulent ce que tout le monde veut. Plus d'argent, une hausse du niveau de vie. Voilà pourquoi leur but est de renverser le régime en place, trop enclin à la nationalisation du Pays, ce qui empêche l'ouverture aux investissements étrangers. L'Union birmane est dans l'impossibilité aujourd'hui de se montrer au monde extérieur. Ajoutez à cela des rivalités ancestrales.

Larry Nelson tira de sa poche un paquet de Chesterfields imbibé par la moiteur de son pantalon. Les cigarettes qui s'y trouvaient étaient broyées dans un mélange d'eau et de carton. Ne pouvant se passer de tabac, il versa le tout dans son verre et bu le mélange d'un coup sec. La moitié ressorti par son nez.

- Putain de cloison nasale. Pensez-vous que je puisse m'entretenir avec une sorte de ministre de l'intérieur de ce pays. J'ai besoin d'en savoir plus sur la défense nationale.

- Je vais tenter de vous arranger un rendez-vous. A quel hôtel êtes vous ?

- Le Springfield Chicken Mikc Great Mickey Stone Flickysteinberg Hôtel and Spa

- Si je dois vous contacter ce sera à cette adresse. Je vous le répète, je ne suis pas aussi sûr de la facilité de cette mission.

- Je ne suis pas venu dans ce pays uniquement pour cette raison, dit Nelson avec un sourire en coin.

- Ah ! Je m'en doutais ! Pedriska ! La grande Pedriska et ses trois bites !

- Non non, la Délégation Ministérielle à l'Armement souhaite un rapport sur l'usage que l'on fait des commandes passées à l'industrie Française. Histoire de savoir comment et dans quelles circonstances notre matériel est utilisé.

Gêné, l'ambassadeur acquiesça.

- Ah ? Oui.. hum… évidemment !

Le lendemain matin, Larry Nelson se rendit à la rencontre dans les bureaux du centre de l'armement national - une immense maison blanche ornée de dorures et de colonnes en marbre - du colonel Pick Achu, un homme élégant au teint doré, souliers blancs vernis, nez aquilin, profil droit et dur, on aurait juré qu'il sortait tout droit d'un mauvais roman d'espionnage. (Notez, à ce moment précis, la finesse de cette mise en abime de l'auteur, qui, en plus de le souligner, l'insère entre parenthèses, quel génie !)

Le colonel resta très courtois lors de l'accueil de notre espion Français. Il parlait un anglais parfait.

- Bonjour, dit le colonel

- Mes respect, répondit Nelson

- Je sais, on me le dit souvent, inutile d'en rajouter je lui ressemble beaucoup, je sais !

- A qui ?

- Ne faites pas semblant de ne pas avoir vu, ce n'est pas grave, mais je préfère le dire de suite comme ça nous en sommes débarrassés. J'ai conscience que mes interlocuteurs soient troublés au début mais ça vous passera. Je ressemble à

Miley Cyrus, certes, mais ne perdez pas en tête le fait que je reste un colonel respecté !

L'homme imposant, les tempes grises, ne ressemblait en aucun cas à Miley Cyrus. Il poursuivit :

- Je crains que vos supérieurs ne vous aient envoyés pour rien. Aucune explication ne pourra satisfaire le Conseil Révolutionnaire. Je vous suggère de retourner au plus vite chez vous car vos éléments ne pourront en aucun cas m'être utile.

- Mais le but de mon voyage n'est pas de vous donner des explications, je souhaite justement recueillir un certain nombre d'informations suite à la découverte faite par vos soldats. Nous aimerions savoir dans quelles circonstances ces armes ont été trouvées.

Le colonel tira deux ou trois lattes sur son cigare cubain et laissa échapper quelques ronds de fumée qui s'effacèrent dans l'atmosphère.

- Bloody Mary c'est ça ?

- Ce n'est pas de refus.

Il sorti des bouteilles afin de confectionner lui même le mélange et continua.

- Je n'ai plus de vodka, je met du gin à la place. Pour en revenir à notre affaire, je n'ai pas de secret de mon coté. Il y a un mois, une de mes patrouilles à mis la main sur ce stock lorsqu'ils étaient près des cavernes du Krouki. Si vous souhaitez, je peux vous en fournir la liste détaillée.

Il tendit le verre à Nelson en s'excusant d'avoir du remplacer le jus de tomate par des huitres. Nelson pris poliment le verre.

- Merci de votre coopération, est-il possible d'avoir cette liste maintenant ?

- Bien sur . Pour ça, il faut que je traverse la cour intérieure afin d'accéder aux archives. Pourriez vous m'accompagner afin d'éloigner les quelques passants qui me prendraient pour Miley Cyrus ? Je n'ai pas la tête à signer des autographes aujourd'hui.

L'officier se leva et sortit du bureau droit comme un « i ». Nelson le suivit de près, aucunement étonné que personne ne le prenne pour la chanteuse. Arrivé aux archives, le colonel sorti d'un tiroir une petite pochette rose sur laquelle on pouvoir voir des autocollant « Hannah Montana ». Il y extrait trois feuilles imprimées.

- C'est ma pochette secrète ! Voici la liste. Quarante caisses. Deux tonnes en tout. Peu de munitions comparé au nombre d'armes. Les rebelles attendaient probablement une autre livraison.

Nelson regardait attentivement la liste particulièrement bien inventoriée. Numéros de série de chaque fusil, origine des munitions, grenades, pistolets etc… Toutes les pièces portaient le même tampon de la manufacture d'arme de Saint-Etienne.

L'officier lui fit comprendre de ne pas s'attarder aux archives.

- Retournons dans mon bureau, si un fan m'aperçoit, on est bon pour l'émeute. En plus elle vient de sortir un album. C'est un fardeau de lui ressembler à ce point.

Les narines imposantes et le front dégarni de son hôte faisaient de lui le sosie le moins crédible de Miley Cyrus. Pour quelle raison pouvait il être persuadé lui ressembler autant...? Par politesse, Nelson n'osa rien dire.

- Mais j'ai du mal à saisir, n'y avait-il pas une adresse de destinataire sur les caisses retrouvées ?

- Si seulement ça avait été aussi facile !

- Mais c'est impossible qu'un lot aussi important puisse sortir de France sans la précision du destinataire, c'est une obligation. Les exportations sont tellement surveillées dans notre pays ! Sans aucune inscriptions, imaginez bien que le lot à transité par bon nombre d'intermédiaires.

- Allons Allons, murmura le Birman, ce n'est pas nouveau. Depuis la nuit des temps, des organisations peu recommandables sont ravitaillées par je ne sais quelles organisations fantômes. Les expéditeurs font appel à des revendeurs neutres. L'alibi est tout trouvé même s'ils savent dans quelles mains ces colis tomberont au final.

Le colonel ne se trompait pas, bien sur. Dans de telles circonstances, et dans ce genre de climat politique, il est inévitable que des armes tombent hélas aux mains de l'ennemi. Et n'allez pas me faire croire que le fabricant n'est pas au courant de l'endroit ou finit par atterrir sa production, non non, pas à moi, l'auteur, qui connait déjà la fin de l'histoire. Allons allons, un peu de jugeote non d'une pipe. Nelson restait bouche bée. Le colonel Achu continua.

- Vous les Européen, vous croyez très souvent avoir raison, et prenez toujours la défense des Américains, avec leurs burgers, leurs grosses voitures, leurs chewing-gums qui colle au dents. Ils font des films ou les filles sont complètement nues et ou les hommes sautent dessus comme on saute sur un trampoline. Ils passent leur temps à se remettre des récompenses en smoking alors que chez eux ils vivent en polo en se goinfrant de côtelettes de porc et de Coca Cola. Vous avez les mêmes clients donc êtes persuadés être amis.

- Pas du tout, répondit Nelson, vous aussi avez du matériel américain pour votre armée non ?

- Oui, mais je me casse le cul pour tenter de garder la tête droite en remontant mes manches pour tenir ce pays hors de l'eau, et pendant ce temps-là une poignée de hors-la-loi me les brise en foutant le bordel à la frontière avec l'aide directe ou indirecte de votre Pays. Et les gens me regardent de travers en se disant « mais que fait le colonel », ou encore « Sommes-nous en sécurité », mais aussi « Est-ce vraiment elle ? Est-elle en concert dans le coin ? ». J'en ai marre ! C'est intolérable.

Nelson acquiesça et laissa passer sa colère.

- Puis-je vous faire une confidence ?

- Quoi encore ? répondit le colonel agacé

- Je trouve que vous ne ressemblez pas du tout à cette chanteuse !

- Ha bon ? Vous êtes sérieux ?

Son visage semblait s'illuminer

- Vous ne lui ressemblez pas du tout !

- Mais … Mais c'est la chose la plus agréable que j'ai entendu depuis des lustres ! Merci ! Merci à vous. Demandez moi ce que vous voulez, ma colère est totalement passée.

- Pourriez-vous m'indiquer l'endroit exact où le stock était caché. Avez-vous une carte routière, un plan, ou encore une application à 99 centimes qui me permettrai de reconnaitre l'endroit ? Si je pouvais retracer le chemin parcouru par ces armes, ce serait une avancée considérable dans mes recherches. Je suis bien décidé à briser cette chaine de trafic.

Achu resta bouche bée face à l'entrain surjoué de Larry Nelson et lui fit signe d'approcher. Il appuya sur un petit bouton rouge à coté duquel était fixé un écriteau « Petit Bouton Rouge ». Une carte immense se déplia sous ses yeux, les continents y étaient dessinés en gros et en jaune, avec, sur chacun d'entre eux, les animaux correspondant. La carte était parsemée de dessins d'animaux. Une grande girafe sur l'Afrique, un Panda sur l'Asie…

- Désolé, c'est la seule carte que j'ai pu trouver dans le quartier, je l'ai trouvé dans un magasine pour enfant.

Il pointa un endroit précis avec son énorme doigt poilu.

- Vous voyez cette petite rivière ?

- Ou ça ? demanda Nelson

- Ici, juste en dessous de la bite du coyote !

- Haaaa oui je la vois !

- Cette rivière trace la frontière entre les deux pays, elle peut être facilement traversée. C'est dans cette région que les rebelles ont cru bon de créer par eux même un simulacre de république qui ne comprend en réalité que quelques villages paumés dans la brousse.

- Je vois...

Le colonel déplaça sont énorme doigt de quelques millimètres.

- Et ici, vous voyez cette petite grotte ?

- Non...

- Juste là ! En dessous des couilles du Hérisson !

- Haaaaaa oui ça y est !

- C'est ici, dans les rocheuses .

- Et vous me dites que vos soldats sont entrés sans aucune résistance ?

- La grotte n'avait pas l'air gardée. Ou alors les sentinelles ont du se replier lors de l'arrivée de mes troupes. Allez savoir.

- Soit... Soit... Puis-je emporter avec moi l'inventaire ?

- Mais faites donc ! Et tentez de faire en sorte que ce genre d'affaire ne se reproduise plus à l'avenir !

- J'y compte bien ! Répliqua Nelson.

Les deux hommes se serrèrent la main durant une bonne quinzaine de minutes sans dire un mot et Nelson quitta la battisse pour se diriger vers Ping Street, quartier populaire de la ville, ou déambulait une foule de personnages pittoresques et inquiétants. Il y croisa mendiants, femmes à barbes, hommes à cornes, marabouts, bouts de ficelle, scelles de cheval, cheval de course, course à pied, pied au cul, cul de rombière etc… Il demanda à un passant un endroit ou il pourrait prendre un taxi. Il apprit rapidement que les taxis du quartier étaient des vieilles femmes sans voitures qu'il fallait prendre sur son dos afin de se rendre à sa destination finale, le tout pour 60 dollars. Il se résigna à rentrer en marchant à l'ambassade.

Au long de sa marche, il réalisa que les pauvres n'avaient pas l'air si pauvres. Ils avaient bonne mine et ne paraissaient pas sous-alimentés. Malgré le fait que l'un d'entre eux ait essayé de se couper un doigts afin de le vendre 7 dollars, ils n'avaient en aucun cas cette mine déconfite et emplie de pathos qu'il avait pu voir dans certains magnétos de vidéos humanitaires présentées par Gerard Holtz qui, entre parenthèses, devrait manger moins gras.

Mais la chaleur se ressentait de plus en plus…

12h, Nelson arrivait à la maison diplomatique trempé de sueur de la tête aux pieds. L' Ambassadeur, toujours en slip jaune, s'empressa de lui tendre dans un verre glacé son apéritif préféré !

- Un Bloody Mary Monsieur Nelson !

- J'en ai grand besoin !

- Pardonnez-moi d'avance mais je n'ai toujours pas de vodka, je vous ai mis du Jet 27 à la place, et j'ai écrasé des betteraves pour faire du jus rouge.

- Heu… mer… merci … enfin je crois…

- Etes-vous satisfait de votre rendez-vous ?

- Oui, j'ai bien avancé. Dit Nelson en ingurgitant la mixture. J'ai des informations importants que je vais pouvoir faire suivre à Paris.

- Hilton ?

- Non, la ville !

- Je dois joindre mon contact, il se trouve dans Washington en ce moment.

- Georges ?

- Non la ville ! Vous le faites exprès ?

- Pas du tout, mais vous êtes dur à suivre.

- Un long travail m'attend.

Il sortit de sa petite besace les documents soigneusement froissés en boule afin de les déposer sur la table face à son hôte

- Grâce à ces papiers, nous allons pouvoir savoir à qui ces armes ont été expédiées. Cela va mettre du temps mais c'est nécessaire. Une fois cette mission terminée, je pourrai aller à nouveau renifler les vents doux de Sidney.

- En Australie ?

- Non, elle habite l'écosse, une fille adorable ! Sidney Purple est l'assistante du docteur Smith. Mais nous n'en sommes pas là, pour le moment, je vais mener ma petit enquête de l'autre coté…

- C'est à dire ?

- Je vais rendre visite aux rebelles.

- Non malheureux ! N'allez pas là-bas ! Vous risqueriez de vous faire tirer les cheveux ou pire encore !

- Hélas je le dois.

- Une patrouille régulière pourrait vous intercepter, vous pourriez même être descendu et le bouquin ne ferait que 50 pages, la méga honte !

- Ne vous inquiétez pas, je ferai un crochet par la Thaïlande .

- Mais enfin, jamais ils ne vous avouerons l'identité de leur fournisseur !

- La véritable question est pourquoi un dépôt d'armes tel que celui-là n'ai pas été défendu avec acharnement par leur détenteur… ?

Tin tintintintintatatataaaaaaa (Musique de suspens, fondu au noir).

CHAPITRE II (Second Chapitre, le numéro deux)

Dans l'avion allant de Rangoon à Bangkok, Larry Nelson se remémorait les excellents passages du premier chapitre en se disant intérieurement : « Quel bon chapitre que celui-là ! ». Malgré les courtes cinquante minutes d'avion, il se trouva immédiatement transporté dans un monde totalement différent.

A sa sortie de l'aéroport, dans le taxi qui roulait à vive allure sur l'autoroute menant à la capitale, il eut l'impression de pouvoir enfin respirer, comme s'il avait retrouvé un peu de cette société moderne et occidentale qu'il chérissait tant. Les femmes portaient tous chemise et pantalon, et la robe courte était de rigueur pour les jeunes hommes. A moins que ça ne soit l'inverse. Bref. Toujours est-il que c'était une sensation assez sympathique.

La publicité était omniprésente sous la forme de panneaux monumentaux vantant les mérites de produits américains ou japonais. Des extraits de films projetés sur des écrans aussi haut que des buildings laissaient apparaitre les visages des deux plus grands acteurs japonais de tout les temps, Jean Reno et Alain Delon. Des stations services vendaient des canettes de bière, des préservatifs et des tampax à l'effigie de Mireille Mathieu, une autre star du Japon. Cette euphorie de lumière et de gratte-ciels signifiait bien l'effervescence économique de la métropole.

Nelson s'arrêta au Chang Pû Incontinental. Un grand hôtel de 900 chambres, pas si immense que ça car la moitié des chambres étaient à l'échelle thaïlandaise (c'est à dire à peu près un quart de la taille d'un homme normal). L'hôtel affichait fièrement sa banderole publicitaire sur ses affiches externes : « Un établissement de 7 à 77 ans » . On pouvait effectivement remarquer de nombreux enfants de 7 ans accompagnés de vieux allemands de 77 ans.

Dès son arrivée, il se renseigna des possibilités de transport pour se rendre à Puk.

Une ravissante Thaïlandaise à la chevelure éclatante noire comme l'ébène et aux jambes longues, longues, longues (si longues que chaque jambes comportait deux genoux), lui indiqua d'une voix claire et fraiche qu'il pouvait prendre un tramway jusqu'a Tiwak et faire le changement à Bunkai pour prendre un avion qui s'arrête entre Maïbit et Mikouy., pour reprendre ensuite un tak-tak vers Kaikey.

- Mais puis-je me permettre de ne pas vous conseiller cet itinéraire, c'est loin d'être agréable, le voyage est truffé de bosses et de changements improbables, il y a même une escale à Bruxelles lors de la partie effectuée en tak-tak .

- Ha oui effectivement …Mais je dois absolument me rendre à Puk.

- Alors dans ce cas je vous conseille de louer une voiture ici-même !

- Est-on autorisés à aller jusqu'a la frontière Birmane ?

- Oui, mais gare à vous si vous tentez de la traverser ! Les étrangers n'ont pas le droit de passer la frontière par la route ! Non non non ! Danger danger ! Non non non ! Le secteur est aux mains des insurgés ! Oui oui oui ! Des insurgés ! Oui oui oui ! Danger danger !

- Mouais… Pourriez-vous me procurer une voiture avant midi ?

- Oui, quel est votre numéro de chambre ?

Nelson aperçu la clé de chambre d'un vieil allemand et son numéro inscrit sur le badge, il le dit illico à la Siamoise.

- Chambre 432 !

- D'accord c'est enregistré. Dit la jeune fille en vérifiant son registre. Vous êtes monsieur Krunsberger ! Celui qui a commandé les trois soeurs et le camerounais la nuit dernière ?

- Heu… Oui c'est ça ! Répondit Nelson déboussolé.

- Parfait. Enchaina la Thaïlandaise en cherchant un formulaire.

« Ces allemands alors ! » pensa Nelson. Cela faisait de nombreuses années qu'il n'avait pas mis les pieds à Bangkok. Il avait oublié à quel point les femmes du pays étaient particulières. Une beauté sans pareil, un truc, un machin, un modjo qui font leur singularité. Un schmilblick. Une sorte de wizz qui les rend attirante. Il observait son interlocutrice remplissant le papier. Elle portait un badge citant son nom : Georges. Sa robe fine et légèrement transparente laissait apparaitre des courbes indigènes qui feraient rougir la moindre statue. Jamais le prénom « Georges » n'avait été aussi bien porté. Nelson se surprit à rêvasser. Il se dessina une folle étreinte dans les hauts étages de l'hôtel Chang Pû et ne put s'empêcher de s'imaginer ses propres cris. « Ho oui encore ! Oui Georges ! Vas-y Georges ! Comme ça ! Allez Georges ! C'est bon ça Georges ». Mais il revint rapidement à la réalité de sa mission. Elle était derrière son guichet et lui présenta le contrat de location à signer.

- Et voilà Monsieur Krunsberger ! Je vous préviens dès que la voiture sera prête !

- Très bien ! Je vais déjeuner dans le bar d'en face.

Avant de se lancer sur la route, il avait pris soin de télécharger sur son téléphone quelques applications à 99 centimes lui permettant de faciliter son voyage. L'une d'entre elles contenait des cartes routières de la région, une autre répertoriait les points d'eau et les stations d'essence, et la dernière, résultat d'une mauvaise manipulation, permettait de faire gazouiller un petit chien mutin en dessin animé en lui chatouillant l'abdomen.

Il se mit en route au volant d'une cabriolet rutilante et traversa de nombreux univers exotiques. Au bout de 300 kilomètres de route, ses cheveux étaient secs et poussiéreux, ses yeux rouges, et de nombreuses mouches et guêpes étaient collées à son front bronzé. La route avait fait prendre à Nelson une bonne quinzaine d'années dans la vue. Il rêvait de sa chambre d'hôtel. Il arriva à Puk vers 9h du soir. Au centre de la bourgade se dressait un seul petit hôtel aux chambres vétustes composées d'un lit à moustiquaire, d'une petite salle de bain avec un panier en osier en guise de toilettes, et de neufs bidets flambant neufs. Après s'être recoiffé et avoir décollé les mouches de son front, il descendit boire un cocktail au bar.

- Un bloody mary ! Ordonna Nelson au patron.

L'homme s'exécuta et vida la moitié d'une bouteille de ketchup dans un verre à cognac qu'il saupoudra de Suze et de sel.

- Moi plus avoir Vodka ni jus tomate. Dit le patron dans un français approximatif.

- Merci. Dit Larry.

Le patron semblait heureux de recevoir quelqu'un dans son établissement. Sa joie de vivre et sa sympathie ne faisaient aucun doute, il était un hôte de choix malgré l'état délabré de la maison.

- Vous aimer joli paysage ! Vous prendre animal dans viseur et pan pan ! Tuer et encadrer.

- Ha non non je ne suis pas chasseur !

- Vous pas connard alors. Bien. Pourquoi vous sortir boisson par narines ?

- C'est un vieux problème…

- Vous touriste ?

- Non, moi journaliste Français

- Ah ! Ici beaucoup journalistes chercher informations

- Moi chercher aussi information sur peuple vivre ici

- Pourquoi vous parler comme moi ?

- Moi aucune idée.

- Vous con

- Oui pardon c'est vrai, je me suis laissé entrainer.

- Vous chercher quoi ?

- Je cherche à contacter les Knus

- Eux pas très loin mais vous perdu sans guide

- Ou puis-je en trouver un ? Je dois me rendre au prochain village demain de l'autre coté de la frontière à la première heure. C'est important !

- Pas bon ! Danger ! Et pas de guide la bas ! Car seule route entre deux pays. Poste Frontalier tenu par gouvernementaux ! Pas rigolos eux !

- Et à coté ? Talad Palu ? Je peux m'y rendre en voiture ?

- Hahahahaha Seulement piste ! Vous monter sur âne ! Meilleur moyen ! 50 km distance !

- Vous connaissez un âne dans le coin ?

- Non, moi vendu dernier âne à touriste Allemand pour lui cochonnerie dans chambre hôtel à Bangkok !

- Ces allemands alors…

- Moi connaitre rebelle ! Lui venir cherche médicaments ici. Peut être lui peut emmener vous pour argent. 10 Dollars.

- Parfait ! Demandez-lui, je serai dans ma chambre. En attendant je vais diner léger. Faites-moi monter une salade de concombres.

- Moi plus avoir concombres. Tout vendu à touriste Allemand pour…

- Non merci j'ai compris. Je me contenterai d'un bout de pain. Bonne nuit cher Monsieur.

- Bonne nuit et bonne chance Sénior Tintin hahahahahahah !

- Qu'est ce qui vous prend ?

- Moi toujours rêvé dire ça dans roman aventure.

Au petit matin, une fourgonnette déposa le rebelle et Nelson ainsi que trois charrettes chargées de colis à une centaines de kilomètres de la destination prévue puis il continua sa route. Sous une chaleur épaisse, les deux hommes s'engagèrent sur une petite route en forme de « S » qui longeait la montagne. Ils empruntèrent ensuite un chemin en forme de « W », puis une piste en forme de « Q » de laquelle sortait un énorme « P ».

Le rebelle se prénommait Gilbain, il avait accepté assez rapidement de rendre ce service à Nelson. La route était si difficilement praticable qu'il était assez compliqué de converser aisément. Il est vrai qu'a bout de souffle, la conversation n'est pas simple. Essayez donc de chanter « Hast du etwas Zeit fur mich, Dann singe ich ein Lied fur dich Von 99 Luftballons ! Aux ihrem hum Horizont » sur un tapis de course et vous verrez. Et bien dans ce cas précis, c'est exactement la même chose, mais sans le rythme entrainant de cette sympathique ritournelle Allemande.

Ils avançaient souvent dans des tunnels végétaux composés de fleurs tropicales de toutes sortes telles que fougères et autres pissenlits miraculeux.

Au bout de plusieurs heures de marche, Gilbain s'arrêta

- Boire ! Manger ! Voilà désormais ce qu'il nous faut faire.

Larry Nelson acquiesça , il était trempé comme s'il avait pris une douche tout habillé. Gilbain lui, était tout nu comme s'il avait pris une douche tout nu.

Gilbain sortit de son sac un nécessaire rudimentaire pour faire chauffer de l'eau ainsi qu'un petit sac de riz cru. Il sortit ensuite un pote de moutarde, du ketchup, des knacki Herta, un cassoulet, deux Kinder Chocobon et une Pompotte au jus de viande. En mangeant, les hommes pouvaient enfin discuter. Gilbain était assis sur un tronc d'arbre en hauteur, les jambes écartées, assez détendu.

- Vous savez, un jour la clique des militaires de Rangoon s'effondrera. Notre rôle à nous, est de travailler l'opinion publique afin de rallier un maximum de personnes à notre cause. Nous avons tous un émetteur de radio clandestin qui nous permet de faire de la propagande chaque soir. Le soucis c'est que parfois les ondes oscillent entre notre discours et Radio Nostalgie. Il n'est pas chose aisée de parler de révolution en étant coupé par Sheila. Une province du sud est même persuadée que c'est elle la chef du mouvement. Notre véritable chef est Ipu Grav, il est toujours très populaire en Birmanie.

- Serait-il possible de l'approcher ? Répliqua Nelson, gêné par la position confortable de Gilbain.

- Hélas, il bouge souvent de pays en pays. Cela risque d'être assez compliqué.

- Je vais faire un feu !

- Nous sommes en plein après-midi et il fait déjà extrêmement chaud !

- C'est vrai ! Vous avez raison ! Quel homme intelligent vous êtes ! Remettons-nous en marche alors.

Gilbain aspira une knacki comme un Mister Freeze et ils reprirent la route.

La frontière délimitée par une rivière fut franchie grâce à un pont de bois blanc un peu usé par l'humidité ambiante du cours d'eau que les rebelles appellent depuis des lustres « Le pont de bois blanc un peu usé par l'humidité ambiante du cours d'eau ».

Sur l'autre rive se trouvait Sarah, la belle rebelle de Babel qui attendait Gilbain le regard satisfait. Elle les conduisit vers le quartier général où une trentaines d'hommes diversement accoutrés vaquaient à des occupations diverses et variées et ne semblaient par se soucier de cet européen venu s'intéresser à leur vie.

- Hé dis donc saperlipopette voilà une sacré bande de loulous dis-donc ! S'écria Larry Nelson dans le but de paraitre amical. Il regretta immédiatement sa phrase, la jugeant ringarde et débile au possible. Nelson gérait mal les situations de stress.

Interpellé par cette phrase, un gradé, le regard fier et méfiant, Colt à la ceinture, épaulettes et coupe de cheveux à la Bonnie Tyler, sortit de sa paillote. Gilbain vint lui expliquer dans un dialecte incompréhensible la présence de Larry Nelson.

- J'ai rien compris ! Tu peux pas parler français comme tout le monde ? Dit le gradé

- C'était pour faire un peu plus exotique …

- Ta gueule !

Puis, il s'adressa à Nelson.

- Je vous remercie ôôôôô combien d'avoir fait cette longue route jusqu'à nous. Cela dit, nous sommes en zone d'opération, je dois vous demander votre carte d'identité, votre passeport, la carte vitale, la carte Fnac, NafNaf, la carte fidélité Carrefour et la carte à tampons Subway.

- C'est normal. Dit Larry. Il lui tendit aussi une fausse carte de presse.

- Ahhhh Vous êtes venus faire un reportage ?

- Oui. dit Nelson

- Encore une pute de Télérama qui vient nous faire un mauvais papier ?

- Non non, je suis un véritable journaliste, pas un critique, j'essaie de griller mes confrères. Il semble que vous recevriez des armes françaises, cela m'intéresse.

Le gradé resta de marbre et enleva sa perruque sous laquelle il laissait apparaitre une magnifique coupe afro.

- Je ne crois pas, dit-il. Mais vous avec probablement soif, que puis-je vous servir ?

- Un bloody-mary !

- Soit ! Je vous fait apporter ça. Nous reparlerons de tout ça ce soir, restez avec Gilbain en attendant ! Et pour l'amour de Dieu dites-lui de mettre un slip ! C'est insupportable !

- Ah… Je croyais que c'était une coutume…

- Pas du tout, ce con est toujours à poil !

Un homme en treillis lui apporta le cocktail dans lequel il avait remplacé la vodka et le jus de tomate par de l'eau chaude par manque de moyens.

Larry Nelson rejoignit son guide quand soudain, la nuit tomba, à 14H30. Une vieille coutume du pays. Afin de circuler dans le camp dans une luminosité suffisante, des petits feux étaient allumés à proximité des bottes de pailles et du stock de bois en toute sécurité, juste à coté des bidons d'essence près de la cabane à dynamite.

A la grande surprise de Nelson, les personnes présentes n'étaient pas stressées. Aucune tension n'était palpable.

De confidences en confidences, il apprit que les maquis constitués ça et là par les peuples d'États voisins avaient tous la même obsession, la révolte contre les Birmans, il apprit aussi à faire des mitaines en paille mais elles brulèrent quand il voulu approcher ses mains du feu de camp.

Il remarqua que personne ne chapeautait réellement ces groupuscules, pas de commandement unifié à part Sheila, propulsée malgré elle dans cette sale histoire à cause d'une mauvaise réception radiophonique. Aux dernières nouvelles, elle serait en pleine jungle avec un groupe de rebelles se faisant appeler « Les Rois-Mages ». Bref. En gros, aucun de ces groupes ne communiquait réellement, ni par téléphone, ni pas faxe, ni par minitel, ni par sms, ni par Toutatis (ancienne marque de faxe gauloise).

Le deal était simple, tant que l'armée birmane ne se mêlait pas de les déloger de certains secteurs, pas d'attaque ! C'était tactique, et avec tact. Sans tiquer. Et toc !

Vers 23 heures du soir, lorsque la nuit battait son plein, Nelson fut appelé auprès du capitaine Kriss. Il aperçu entre les buissons cette énorme lune blanche et crevassée qui surplombait l'étang (la femme du passeur adorait se baigner nue la nuit). Il détourna le regard et passa son chemin. La capitaine était assis à une table, sa coupe afro était mitée de lucioles ce qui lui donnait un petit coté disco pas désagréable. Nelson entra, il laissa tomber son crayon sur la table.

- Je vois que vous aussi vous êtes insomniaque, articula-t-il alors que sa chevelure clignotait de plus belle. Vous évoquiez cet après-midi une histoire… Qu'elle est elle ?

Nelson distingua, mal dissimulé derrière quelques draps tachés au coin de la pièce, un vieil émetteur-radio de l'époque des grandes années Drucker (début 1940).

- Je voulais évoquer avec vous le stock d'arme découvert par les Birmans…

- Des armes françaises ? insista Kriss

- Oui.

- De votre pays ?

- Oui

- La France de Paris ?

- Oui oui cette France là !

- La France du pâté ! du fromage ! du saucisson et des filles faciles ? cette France là ?

- Oui oui cette France là, celle des filles empâtées, des fromages et des saucissons faciles.
- Donc nous parlons bien de la même…

- Plusieurs tonnes !

- De filles ?

- Non d'armes, je vous parle des armes !

L'officier afficha sur son visage une moue sceptique.

- Avec toutes les armes américaines que nous avons, croyez-vous réellement que nous serions intéressés par vos jouets français. Si cette histoire est réelle, ce n'est pas nous, c'est certain.

Peut-être avait-il reçu des ordres visant à cacher à Nelson l'existence d'un autre fournisseur.

- Vos adversaires furent plutôt clairs lors de la discussion, le dépôt était bien réel.

- Ils vous ont dit ça ?

- Oui

- Et c'est tout ?

- Non, ils ont aussi dit que vous aviez un gros nez… Mais bon, vous connaissez les adversaires… Quand ils n'aiment pas quelqu'un…

- Je n'ai pas un gros nez !

- Non pas tant que ça… Je dis juste que quand on n'aime pas quelqu'un on a toujours un truc à dire.

- J'ai un gros nez moi ?

- Mais non... Vous n'avez pas entendu la suite...

- ça c'est nouveau alors...

- Non mais oubliez ! ça n'est pas important !

- Donc j'ai un gros nez ! Vous n'avez pas dit non !

- Arrêtez avec votre nez !! Nous parlions des armes... s'il vous plait. Avouez que ces armes n'ont pas pu être livrées à un autre mouvement que le votre.

Kho Lay réfléchit, puis il demanda :

- Et votre journal, il est plus droite ? ou gauche ? Quelle tendance ? Je veux dire… dans votre prochain papier, pensez-vous qu'il serait possible d'attirer une certaine sympathie pour notre révolte ?

- C'est évidemment possible ! Et cela ne me dérange absolument pas. Par contre, sachez que j'ai d'autres collègues moins bien intentionnés que moi, et ils viendrons probablement vous interroger…

- Les cons de Télérama ?

- Non non, de vrais journalistes aussi, mais moins précautionneux…

Le capitaine retira sa coupe afro remplie de lucioles sous laquelle il laissa apparaître une sublime crête iroquois.

- Je ne vois pas quel intérêt nous aurions a recevoir des armes de votre pays !

- Tiens donc… donc j'imagine donc que le mystère reste entier donc ! dit Nelson levant un sourcil avec un air sarcastique qu'il pensait du plus bel effet jusqu'au moment ou il réalisa qu'il venait de faire une piètre imitation de Roger Moore.

- Mais évidemment que le mystère reste entier ! Quand les armes ont-elle été découvertes ?

- Il y a un mois

Agacé, Kriss retira sa coupe Iroquoise et la posa sur la table.

- Je pense qu'on vous a menti à Rangoon !

Mais qui croire ? Tel était le dilemme de Nelson qui voulu en avoir le coeur net.

- Bon, je ne vois pas en quoi le Conseil Révolutionnaire pourrait profiter d'un tel incident diplomatique, dit-t-il. Maintenant, si vous ne souhaitez pas vous attarder sur vos sources d'approvisionnement je peux comprendre. Dès la nuit passée je retournerai à la frontière.

Le capitaine passa une brosse à cheveux sur son crâne chauve et fixa Nelson.

- Pas question ! Vous ne me croyez pas ? Et moi, je me pose des questions sur vos dires. Je veux la vérité, et je sais peut être comment l'avoir…

- Ah ? Tiens donc ? Et Donc ? Comment donc allez vous donc vous y prendre ? Demanda Nelson les yeux ronds en levant le sourcil dans une imitation de Roger Moore encore pire que la précédente.

- J'ai des prisonniers ici… Je peux vous assurer qu'ils sauront parler… Dit-il avec un regard sadique. Et je n'ai pas un gros nez !!!
- Je vous en prie capitaine. Arrêtez avec cette histoire de nez !
- Soit soit... Mais quand vous dites « gros nez »... C'est plus un coté Obélix ? Ou alors une patate ratatinée ?
- Je vous en conjure, je n'en ai aucune idée et la vive impression que vous faites une fixation là dessus.

- Vous avez raison. J'oublie cette remarque désobligeante...
- Voilà qui est sage.
- Et je prends dès demain rendez-vous chez un chirurgien esthétique.
- Regardez Capitaine !
- Quoi donc ?
- Ce qui arrive là !
- Mais qu'est ce que c'est ?
- C'est le chapitre 3 ! Nous en saurons certainement plus !
- Parfait ! Allons-y !

CHAPITRE III (Œn chiffres Romains)

Kriss sortit de sa hutte avec une nouvelle coupe de cheveux et s'accouda à sa table. Malgré la gravité de la situation, il trouvait toujours le temps pour enfiler une nouvelle perruque.

- Dites-moi, connaissez-vous l'endroit exacte de cette découverte ?

- Oui, mais il me faut une carte, je pourrai ainsi vous montrer tout ça à l'aide de mon doigt que je poserai sur la carte à l'endroit précis. Sous mon doigt se trouvera l'emplacement que j'aurai désigné.

- Oui c'est bon j'ai compris.

Le capitaine apporta une carte de la région dessinée par les jeunes infirmes de l'hôpital « Notre Dame du Pseudo Miracle » et la posa sous la lampe. Nelson scruta ces traits incertains tracés au feutre et à la bave.

- Attendez… Si je prends en compte les précisions demandées par notre ambassadeur, son nom de famille, et les mensurations de son épouse, je peux tracer une ligne sur la carte et transformer ces données en longitudes et en latitudes.

- Mais cela n'a aucun sens

- Si si ! J'ai vu faire dans un film avec Nicolas Cage

- L'acteur avec les implants ?

- Oubliez les histoires de cheveux un instant capitaine et tentez de vous concentrer !

L'officier observa lui aussi la carte maculée de bouts de biscuits et de petit pots pour bébé et posa son gros orteil sur une incurvation des lignes de niveau.

- Si vos informations sont bonnes, ce serait donc ici ! Mais c'est étrange, c'est la limite de notre zone controlée. Nos réserves sont plus proches de la frontière, ici ! Dit-il en désignant la frontière avec son petit orteil qui paraissait aussi gros que le gros. Puis, son visage s'illumina et retira les pieds de la table.

- Nos prisonniers captifs peuvent nous renseigner ! Et s'ils ne veulent pas, nous leur tirerons les cheveux ou pire encore !

- Elucidons cette histoire, dit Nelson !

- Oui ! Elucidons ! répondit le capitaine fier de citer un joli mot.

- Allons-y

- Oui ! Nous allons élucider !

- Oui oui..

- Venez avec moi.

Ils sortirent de la paillote et traversèrent la clairière ou des groupes de maquisards étaient éparpillés par-ci par-là tous assis en tailleur.

- Que font-ils assis ? demanda Nelson

- Ils guettent ! dit le capitaine

- Mais pourquoi sont-il assis en tailleur ?

- Parce qu'ils n'ont pas d'autres habits de disponibles que ces tailleurs Chanel tombés d'un avion il y a une vingtaine d'années.

Ils arrivèrent à l'endroit ou étaient suspendus les prisonniers dans des cages en plume de pigeon. Dans chacune des cages se trouvait un captif.

- Ce sont de dangereux terroristes. Nous appliquons une terrible peine pour ces gens là.

Nous nous basons sur l'exemple de vos prisons françaises. La nuit, nous les enfermons dans de la plume et du coton, avec pour seule fenêtre vers l'extérieur, une télévision, un téléphone portable, la wifi, la fibre, un ordinateur et une baie vitrée. Le jour c'est encore pire, nous les autorisons à sortir au bout de deux semaines pour les meurtriers, mais au bout de trois pour les violeurs. Nous sommes sans concessions. Expliqua le colonel.

Au bout de la rangée de cages se trouvait une cellule molle en pâtes cuites dont l'occupant en avait déja mangé la moitié.

- Allez ! Montre ta face !

Larry eu la surprise de voir que le prisonnier était en fait une prisonnière.

- Ne vous fiez pas à son visage sympathique, c'est une espionne qui s'était infiltrée chez nous afin de localiser notre quartier général. J'y ai cru pendant de longs mois, elle fait très bien les accents.

La fille était un peu spéciale, célibataire, le visage pâle, les cheveux en arrière, c'est comme ça.

L'officier, exposa l'affaire en détail dans un langage que Nelson avait du mal à comprendre,

Un silence plana (et Georgette aussi).

- Evidemment, personne n’est au courant de rien ! s’agaça le colonel. Soit, si l’un d’entre vous veut bien parler, j’enferme la fille avec lui dans sa cage !
Les prisonniers commencèrent à devenir nerveux. Les deux sanctions les plus terribles de leur captivité étaient la privation de rapports sexuels et la diffusion des imitations de Nicolas Canteloup sur la radio locale. Malgré l’envie, ils n’étaient pas dupes, tous gardèrent leur bouche fermée.

- Sors de là ! dit le capitaine à la captive. Sors de ta cage et collabore, ou je me pique les fesses avec une baïonnette et une fourche !

Le capitaine ne comprenait pas que s’ils proférait des menaces, il devait les faire à l’encontre de la captive et non sur sa propre personne.

Dégouté à l'idée de voir le capitaine exécuter ses menaces, l’un des prisonniers osa lever la main pour prendre la parole. Pendant que se déroulait la conversation, la captive observait religieusement le capitaine attentif qui se curait le nez toujours avec son gros orteil.

Il s’avança vers Nelson et dit :

- Il m’a parlé d’une grotte impressionnante
- C’est dégoutant ! rétorqua Larry
- Une grotte ! Avec un G !

- Aaahh ! Au temps pour moi… Et a t'il parlé des armes ?

- Oui, il à évoqué des hommes en uniformes qui poussaient des énormes caisses

- Beurk ! Quel est le rapport ?

- Des caisses d'armes, de fusils, du munition ! Bon sang Nelson ! Concentrez-vous !

- Je vois… Le tout à été saisi par le détachement auquel appartenait ce pauvre homme… qu'en pensez vous ?

- Je ne sais plus…j'ai l'impression d'être dans un très mauvais roman d'espionnage.

Larry Nelson se rendit compte que son incursion au campement n'avait servi strictement à rien. Il demanda au capitaine où il pouvait aller dormir.

- Installez-vous dans n'importe quelle paillote, répondit le gradé. Seulement vous devez savoir que nos logements sont bien différents des grands hôtels. Les paillotes n'ont pas de toitures ni de murs, mais le sol en paille y est agréable.

- Quoi qu'il arrive je n'ai plus rien à faire ici. Nous ne saurons finalement pas d'où vient ce stock…

- En tout cas je vais plonger mon nez dans cette grotte afin d'en avoir le coeur net !

- Beurk ! Mais pourquoi donc…

- Grotte ! Grotte ! Avec un G ! La fatigue vous égare Nelson !

- Je dois regagner la ville… Comment puis-je retourner en Thaïlande ?

- Je peux vous commander un guide mais cela prendrait trop de temps. J'ai une autre solution. Un de mes hommes vous mènera de l'autre coté de la rivière ou vous suivrez le cours d'eau pendant quelques kilomètres. Vous devrez vous arrêter après une heure de marche afin de prendre une barre céréale et un petit peu d'eau. Une fois le petit pipi effectué vous reprendrez la route toujours en longeant le cours d'eau sans vous endormir.

- Oui oui je… j'ai l'habitude.

La nuit, Nelson dormit mal. Il fut plusieurs fois tiré de sa somnolence par des rêves étranges impliquant des animateurs télé, des bananes et beaucoup de beurre. Il s'interrogeait sur la réaction de ses supérieurs suite au compte rendu désastreux de cette escale et perdit son oreille droite à cause d'une piqure d'insecte dont le venin la fit instantanément sécher comme une feuille morte. Mauvaise nuit… Oui… Mauvaise nuit…

Au petit matin, Larry était résolu à partir au plus vite. Il marchait la tête penchée à cause du déséquilibre causé par la perte de son oreille. Celle qui lui restait était la plus lourde des deux.

Une heure plus tard, il alla faire ses adieux au colonel.

- Au revoir Monsieur Nelson ! dit-il. Faites attention, sur l'autre rive, vous risquez de croiser des tigres affamés et très agressifs, mieux vaut partir armé.

Il ouvrit une malle qui contenait carabines, fusils et autres armes de compétition et lui donna un lance-pierre et une petite catapulte de table.

- Merci pour votre hospitalité, et si d'autres journalistes viennent vous rendre visite, il ne s'est rien passé n'est-ce pas ?

- Ne vous inquiétez pas ! Je sais garder un secret. Au revoir Nelson ! Je m'en vais faire ma grotte matinale.

- ?

Plus tard, peu après, les instants qui suivirent, ensuite quoi, Nelson traversait la rivière sur un petit pont de bois arraché au milieu. Il manqua de tomber à plusieurs reprises à cause de sa tête déséquilibrée par son unique lourde oreille. Arrivé sur l'autre rive, il suivait le cours de l'eau comme indiqué, et en profitait pour se constituer une nouvelle oreille à l’aide d’un petit cactus dont la forme pouvait étrangement ressembler au membre perdu.

Nelson avançait depuis trois quarts d'heure environ quand une détonation éclata, suivie du sifflement aigu d'un projectile qui alla percuter un perroquet à un mètre de lui.

CHAPITRE IV (prononcer « 4 » et pas « Yves »)

Le coup de feu qui avait abattu le perroquet venait de derrière. En mourant, il prononça ces mots : « Ce n'est pas moi qu'on visait… j'étais juste venu faire du tourisme sexuel avec des perruches mineures ». Nelson comprit qu'il était la cible du tir. Il courba l'échine et se mit à courir en ZigZag à cause de sa mauvaise oreille. Un deuxième puis un troisième projectile frôlèrent la jambe de Larry et allèrent s'éclater dans le poitrail d'un lézard en vacance avec sa femme varan.

Avant de mourir à son tour, le varan dit ces mots: « C'est vous qu'on vise… nous ne sommes que des touristes à la recherche d'une petite salamandre mineure pour cette nuit ». Larry se saisit de son lance-pierre, mit un genou à terre et regarda à travers le feuillage, à l'affût d'un mouvement qui trahirait la présence de son adversaire sur l'autre rive.

Mais il eut beau épier les moindres mouvements de la berge opposée, il ne vit personne. Ni tireur, ni animal, ni danger, ni pute, ni soumise.

Qui était donc ce tireur mystérieux ? Que voulait-il ? Etait-ce un vulgaire bandit ? Un guérillero ? Un espion ? Daniel Guichard ? Non…

Pas possible, il ne se connaissaient pas et n'avaient aucune raison de se haïr au point de se tirer dessus.

Plusieurs minutes s'écoulèrent, uniquement meublées par des pépiements d'oiseaux, des croassements, des piailleries de singes en débandade (y'a pas à dire, se faire tirer dessus, ça fait débander… #Jesuischarlie).

Nelson bandait son lance-pierre (ça revient vite) et projeta un cailloux dans les feuillages sur l'autre rive. Pas un bruit. Il ne pourrait pas savoir si oui ou non il avait blessé son adversaire. Il continua à marcher de guingois en se retourna toutes les vingts secondes en méditant sur l'incident.

Que signifiait cette mascarade ? Etait-ce suite à sa visite au campement ? Ou juste pour l'effrayer ? Un moyen de défendre un territoire ? Daniel Guichard ?

Après 5 heures de marche, au détour d'un méandre de la rivière, il distingua au loin un pont de fortune tout en peau de nain qui ne pouvait être que celui qui relie normalement le village de Myawaddykilokikimaouadé à la localité thaïlandaise de Ban Mae Sot. Il se rappela alors l'une des indications fournies par le colonel : les mangues, c'est toujours mieux pour les dents ! Souvenir totalement inutile à ce moment précis.

A peine avait-il bifurqué pour rejoindre le pont qu'il fut interpellé par deux policiers thaïlandais.

- Hé allez ! ça tombe sur moi ! ça vous fait pas chier d'emmerder les honnêtes gens ? Demanda Nelson

- On fait notre métier monsieur !

- Oui, bien-sur, et tout ces cons qui font des cambriolages vous ne les faites pas chier hein ?

Après s'être fait confisqué son lance-pierre et son oreille-cactus, Nelson put grimper sur un vieillard qui se rendait près de son hôtel.

Le lendemain, enfin de retour à l'hôtel Incontinental de Bangkok, il revit Georges, la jolie fille de l'agence de voyage.

- Le voyage fut agréable ? s'enquit la jolie fille aux cils si longs qu'ils lui cachaient le nez.

- Charmant, affirma Larry, imperturbable malgré son oreille en moins.

- Et vous nous quittez déjà ? déplora-t-elle

- Hélas, les affaires m'appellent.

- Avant de partir, sachez qu'au marché noir, derrière l'hôtel, vous trouverez un large choix d'oreilles coupées appartenant à des rebelles.

Nelson se pressa d'aller en acheter une et de la coller sur sa tempe à l'aide de colle extra-forte. Il en était fier, une belle et grosse oreille toute neuve avant de repartir. Voilà de quoi le remettre d'aplomb.

A Rangoon, il retourna chez l'ambassadeur de France afin de tout lui raconter. L'homme était fidèle à lui-même, toujours bien installé dans son fauteuil arborant fièrement son slip jaune à l'élastique fatigué. Nelson lui résuma la situation.

- Jamais les Birmans ne pourrons croire ça ! Les insurgés eux-même n'y comprennent rien et affirment que jamais ils n'ont eu la main mise sur ces armes. Preuves à l'appui ! Ils ne savent même pas comment autant de matos à pu atterrir dans cette grotte.

- ça alors… et pourquoi cette oreille ?

- Quelle oreille ?

- Votre oreille là ! Le grosse oreille noire sur le coté de votre tête ! Que s'est-il passé ?

- Rien … c'est une longue histoire… En tout cas je patine, mes recherches sont bloquées. Je n'ai plus d'éléments pour tirer cette affaire au clair. A moins que… Je me suis fait tiré dessus en repartant du campement… Pure coïncidence ? Vendetta ? Trahison ? Daniel Guichard ?

- Que voulez-vous dire ?

- En dehors d'ici, je n'en avais parlé à personne. Dit-il en se grattant sa grosse oreille noire.

- Nous parlons, nous parlons... mais j'en oublie qu'un message codé vous est parvenu hier soir.

- Que dit-il ?

- Je n'ai pas pu déchiffrer le code. Il n'y a que vous qui puissiez le faire !

Dit-il en lui tendant le papier. Nelson s'exécuta : « Boobs Boobs Boobs Tits Tits Boobs Tits »

- Mais enfin qu'est ce que cela signifie ?

- C'est un code répandu en Silicon Valley, cela devrait me prendre quelques minutes a déchiffrer… « Caisses Armes Pakistan 1971 Danger »

Nelson regarda l'ambassadeur d'un air surpris

- Super ! Si les armes proviennent du gouvernement pakistanais c'est avec eux qu'il faudra se brouiller pour regagner la confiance des Birmans.

- Je n'en peux plus. Dit-il en faisant des ronds dans son nombril avec son doigts. C'est impossible ! Ils ne peuvent pas se risquer à fournir des armes ici bas !

- Oui mais n'empêche que c'est écrit ! Leurs armes sont arrivées ici. Une seule solution… Joindre le Pakistan en prenant toutes les précautions nécessaires.

Plus tard, Nelson se trouvait dans le bureau du colonel Tanga, au siège des services gouvernementaux.

- Alors ? Je vous écoute ?

Nelson lui expliqua le tout en danse interprétative pour gagner du temps. Le colonel plissa les yeux et rétorqua :

- En gros, si je résume, les armes viennent du Pakistan, ont été retrouvées et volées a la Frange d'une zone que surveille nos troupes. Et, parties de Karachi, elles se sont retrouvées dans nos montagnes !

- Oui !

- Et c'est quoi tout le truc avec la merde là ?

- Non c'est « grotte » ! avec un G !

- Ah !

- Et l'oreille noire c'est quoi ?

- C'est long à expliquer !

- Quoi qu'il en soit je vais moi-même au Pakistan histoire de tirer ça au clair, je vous tiendrai au courant !

CHAPITRE V

(Considéré comme le meilleur selon « La Gazette du Jour »)

Larry était à l'hôtel. Bien qu'il fut situé devant un très bel étang, il y régnait une atmosphère morbide qu'il était difficile d'attribuer à un élément précis. Etaient-ce les fleurs fanées du hall, la grise mine des tapisseries, l'austérité de la décoration de la salle à manger ou le gros monsieur pendu au lampadaire dans le hall. Tout incitait à une déprime instantanée. Le bar était trop obscur pour s'y attarder malgré la magnifique photographie du Titanic accrochée au mur. La cafétéria semblait abandonnée malgré la cafetière encore branchée et la télévision ronronnant une émission sur les plus grands assassinats du XXeme siècle. Nelson réalisa rapidement que l'hôtellerie Birmane n'allait pas lui laisser de grands souvenirs.

A trois miles de là se trouvait un petit centre-ville bien plus joyeux. Il franchit les portes coulissantes de l'hôtel morbide sur lesquelles étaient affiché un poster de Patrick Bruel chantant Barbara et se décida à aller visiter la bourgade.

Des femmes avec des grosses toges marchaient avec des hommes avec des grosses tobes. Des enfants espiègles couraient dans les allées. Il tenta de trouver tout merveilleux, il s'arrêta en terrasse sur le port afin de boire un Bloody Mary. Parlant assez mal le Birman, on lui apporta un verre de sucre à la place. Il ingurgita le sucre en poudre cul-sec avant de reprendre sa promenade. La conclusion fut évidente pour Nelson… Il se faisait chier royal ! Et nous aussi !

Quand est-ce que le colonel allait donc bien pouvoir revenir du Pakistan ? Avec quelles informations ? Contre qui ? Sur quelle mission ? et à quelle époque ? Où ? Quoi ? Quand ? Comment ? Daniel Guichard ?

Un matin, en plein ennui, alors que Nelson s'amusait à compter les poils de sa main droite, le téléphone sonna dans sa chambre d'hôtel. Il décrocha, anxieux, pressentant que cette communication allait répondre à toutes ses questions. Il approcha le combiné de l'oreille noire.

En effet, c'était le colonel.

- Colonel ! Vous êtes revenus ! Alors ? quelles sont les informations ?

- J'ai dû me déplacer beaucoup, j'ai même du prendre de nombreux taxis allant d'un bureau à un autre. Ils ont de très grands bureaux là-bas, expliqua le gradé. Je suis même allé jusqu'a Karachi, et à mi-chemin, on avait oublié l'avion. On a du faire demi-tour pour retourner à l'aéroport et monter à bord.

- Et alors ?

- J'ai eu des informations capitales ! La livraison des armes est avérée mais ce n'était qu'une infime partie. Le reste a été chargé à Karachi à bord d'un cargo, et pif paf, la situation se gâte au Pakistan et pouf pouf plus rien …

- Plus rien ?

- La marine indienne à coulé le cargo dans le Golfe du Bengale.

- Marine Lepen fait du golfe avec un tigre du Bengale ?

- Non non, vous entendez mal ! Changez d'oreille ! Je dis que la marine indienne à coulé le cargo dans le Golfe du Bengale.

- Ah ok…

- La-bas, les criques fleuries ont des flaques pleine d'armes de plus en plus !

- Quoi ??! Patrick Fiory élève des cornflakes dans son anus ?

- Changez d'oreille Nelson je vous en prie ! Le navire est sous l'eau, une partie des armes aussi, l'équipage fut sauvé par des Anglais qui les amenèrent ici à Rangoon et qui ont rejoint Karachi !

- Mais c'est qui ce ragondin qui chie ?

- L'oreille Nelson ! L'oreille ! Selon la version officielle, tout le changement est dans l'eau !

- Mouais…

- Deux solution, ou ce bateau n'a jamais sombré, ou alors, c'est vous qui êtes de mèche avec les Pakis et leurs roses et tout et tout, et vous vous foutez largement de ma poire. Et j'opterai plus pour la seconde option.

- Quoi ? Qui ? Moi ? Vous faites erreur colonel !

- Je n'ai fait part à personne de mes doutes, la situation s'envenime vite par ici… Vous trouverez dans une enveloppe le nom et les références du bateau. Ensuite c'est votre affaire, votre pays ! Vous êtes seul !

- Je vous prouverai que vous vous méprenez colonel.

Il raccrocha non sans avoir noté la ruse du colonel visant à ne pas trop se mouiller.

Une heure plus tard, Nelson arriva à l'ambassade, il aperçu l'ambassadeur de loin car le nouveau slip qu'il arborait était d'un orange vif. Il put lui expliquer par danse interprétative les dernières informations et se fit confirmer par téléphone l'existence du bateau, son naufrage, ainsi que les coordonnées de l'incident.

- Il est impossible que les armes aient pu être repêchées dans la mer. Les colis étaient neufs et bien emballés. Une seule solution, elles ont été déchargées avant le naufrage. Mais où ? quand ? comment ? Daniel Guichard ?

- Avant de savoir si elles ont été déchargées, il faudrait d'abord savoir si elles ont été chargées, émit le diplomate en apportant un globe terrestre Nature et Découverte sur la table.

Nelson recracha son chewing-gum dans sa main et l'étira afin d'en faire une ficelle mesurante et le colla sur le globe entre Karachi et les côtes indiennes.

- Mmm… non, ça ne colle pas… l'écart est trop important…

- Essayez avec un Malabar !

- Non non, je parlais de la distance réelle, ça ne va pas… Cela doit mettre à peu près 7 jours pour faire cette distance. Or, le colonel en évoquait 12…

- Pause pipi ?

- Non, réfléchissez ! Une pause pipi ne peut pas durer 5 jours

- Non, je voulais dire là maintenant … Nous avons bu beaucoup de thé et…

- Faites donc, je vous en prie.

Le gradé s'absenta trois minutes. Nelson réfléchissait à voix basse : « Que s'est-il passé pendant ces cinq jours ? Peut-être qu'en approchant l'organisme chargé de contrôler les mouvements dans les ports… mais comment ? »

- Cher Nelson, je dois m'absenter quelques minutes, dit l'ambassadeur en remontant la braguette de son slip orange. Je dois téléphoner à mon neveu qui travaille au Boarding Gate Dock and Management. Un organisme qui se charge de contrôler tout les mouvements dans les ports, l'entretient, le balisage, les marchandises et leur manutention, les pilotes, les entrées et les sorties… Et pas seulement pour Rangoon, mais pour tous les ports maritimes du pays.

Le visage de Larry s'illumina.

- Quoi ? demanda le gradé. J'ai dit une connerie ?

- Vous venez de faire avancer l'histoire en moins de 15 lignes !

Allons-y !

Nelson arriva à la direction du trafic Maritime avec une certaine appréhension. Il connaissait la fainéantise réputée des fonctionnaires du pays. Cette inertie nonchalante n'était pas sans rappeler les plus grandes heures de nos bureaux de poste français. Dans l'agence, une épaisse couche de poussière maculait les meubles. Comme si on avait secoué un paquet de farine dans la pièce. Après un rapide coup d'œil, il réalisa qu'il se trouvait dans une ancienne fabrique de farine et qu'il en restait sur le mobilier.

Un comptoir partageait la pièce en deux et uniquement en deux, car, pour partager la pièce en trois, il eut fallu trois comptoirs, alors qu'ici, il n'y en avait qu'un. Au-delà de ce bureau de bois, un employé de type indien, à la peau très brune, des plumes sur la tête et un tomawak dans la main, tapotait le clavier d'un mac-book pro.

- Bonjour cher Monsieur

- Hugues

- Bonjour Hugues, pourrai-je parler à un responsable ?

D'un signe de la tête, il fit signe à Nelson de le suivre dans l'arrière boutique. Hésitant, il songea « Si c'est encore un Allemand déguisé en Indien pour faire je ne sais quelles saloperies dans l'arrière boutique d'une maison sordide de Rangoon, autant partir de suite, je ne suis pas Jack Lang moi… ». Heureusement pour lui, un autre Oriental, très sérieux et droit dans ses bottes, l'accueillit en inclinant son crâne chauve.

- Enchanté Monsieur Potter, j'attendais votre visite

- Vous vous doutez surement de la raison de ma venue ici

- Oui… Mais hélas j'ai vendu le dernier panda la semaine dernière, je n'ai plus rien.

- Heu… non… je viens au sujet du Bateau dont me parlait le board of management et de son détour mortel.

- Ah ? oui heu… bien-sur, j'ai tendance à confondre les dossiers. Croyez-vous sincèrement que c'est un sujet intéressant pour un journaliste comme vous ?

- Oui bien-sur, de toute évidence, cela semble indiquer que les indiens avaient des espions à Rangoon, et la sortie du cargo de l'estuaire du fleuve semble avoir été signalée à un bâtiment indien.

Un sourire dévoila l'affreuse dentition du fonctionnaire, il avait deux dents jaunes, une verte, une bleue, et une blanche fluo grâce à laquelle Nelson en profita pour refaire discrètement une balance des blancs sur son appareil photo.

- Quelle imagination débordante, dit le Birman. Le navire est arrivé ici pour se réfugier car nous apprenions à cet instant que Chittagong était tombée aux mains des révoltés, voilà tout. On nous donc a ordonnés de renvoyer le bateau à son port d'attache ! Cessez donc vos investigations et occupez-vous de ce qui vous regarde. Faites-donc, comme tout les journalistes occidentaux, des sujets sur la prostitution et le tourisme sexuel et laissez-nous tranquilles. Tenez, en bas de la rue il y a la maison rose, un haut lieu de prostitution, allez-y, faite un sujet pour vos magasines. Lorsque vous entrez, demandez Monsieur Cohn Bendit, il saura vous renseigner et…

Sa phrase fut coupée net par un « pof ». Un « pof » est une sorte de « Boum » en moins impressionnant. Un bruit sourd et bref qui fait plus « pof » que « boum ».

CHAPITRE VI (prononcer « six » ou « viiie »)

Le « pof » inquieta Nelson, qui, dans la seconde, vit entrer dans la pièce un inconnu (Bernard Campan plus exactement), pistolet au poing, qui braqua son arme vers le Birman et tira. Face à l'assassin, il réalisa que ce n'était pas une visite de courtoisie. Il pointa son pistolet vers Nelson et articula en anglais :

- I'm not Bernard Campan but I only look like him. Cette affaire ne vous concerne pas. Restez-là et ne bougez pas !

Il recula en refermant la porte derrière lui (donc devant, car le type recule). Nelson réalisa qu'il ne servirait à rien de se lancer à la poursuite du meurtrier. Celui-ci, au style Birman, avait déjà du se fondre dans la foule. Le travail était propre, rapide, efficace. Nelson fit demi tour afin de soulever le vieil homme au sol qui respirait encore. Nelson retira sa chaussette et fit un tampon qu'il colla sur la plaie causée par la balle.

- Que faites vous ? dit le vieil homme

- Je met ma chaussette humide dans votre trou de balle, vous saignerez moins. Savez-vous qui était cet homme ?

L'interpellé n'eut, cette fois, pas de réaction. Il fixait d'un œil triste ce trou de balle saignant de plus en plus.

Nelson eut la présence d'esprit de ne pas tenter de fuir, son look occidental ne passait pas inaperçu. Il s'empara du téléphone afin de joindre au plus vite le Colonel resté à l'Old Secretariat.

-Nelson à l'appareil, un double meurtre vient d'être commis sous mes yeux. Venez-me rejoindre.

- Quelle est la situation précise ?

- Un homme est mort et je crains que la deuxième victime n'en ai plus pour longtemps. Il à un trou de bal énorme et il souffre beaucoup !

- Monsieur Lang est impliqué ?

- Non non, le trou de balle est causé par la balle qui à fait un trou dans son torse.

-Ah, au temps pour moi. Et vous ? Etes-vous indemne ?

- Oui oui ça va, envoyez une ambulance !

- J'arrive.

Nelson raccrocha et constata la coloration de plus en plus blafarde du Birman. Il passa du verdâtre au bleu, en passant par du mauve, puis, finalement, au gris-blanc. Cette farandole de couleurs lui rappela les aurores boréales et les chemises Desigual. Quelques minutes plus tard. Le colonel arriva dans la pièce en fracassant la porte. La tête pleine d'épines de bois, il s'adressa à Nelson :

- Que faisiez-vous ici ?

- Je prenais des informations, le bateau avait fait un arrêt à Rangoon avant d'être coulé. Le saviez vous ?

- Non… Comment l'avez-vous appris ?

- Tout à l'heure au Board of Management. Je me suis annoncé ici sous le nom de Potter, donc impossible que l'on me reconnaisse.

- Potter… Comme le petit magicien ?

- Eric Antoine ?

- Non… Potter… le magicien !

- Connais pas…

- Mais enfin… Potter ! Avec la baguette magique !
- Ahhhhhhh ! Harry Potter !
- Oui
- Mais Harry Potter n'est pas magicien !
- Ben si !
- Mais non ! Il est sorcier ! C'est un sorcier !
- Oui enfin bref… Oubliez… Vous pouvez sortir je m'occupe de tout. Qu'allez vous faire maintenant ?
- Rentrer à l'hôtel et prendre une douche froide tout nu accroupi parterre en position fœtale en pleurant comme toute personne ayant assisté à un truc choquant.
- Et ensuite ?
- Poursuivre mon enquête.
- Vous alors… Filez avant que la police arrive !
- Merci ! Dit Nelson

Rentré à l'hotel, Nelson commanda un Bloody Mary. Le Room Service ne parlant pas le français, on lui apporta un poivrier. Il le bu non sans mal quand le téléphone sonna avant qu'il fut arrivé à la moitié. Il se leva de son lit pour aller répondre.

- Allo ? Monsieur Nelson ? s'enquit une douce voix féminine

- Oui ? C'est bien moi

- Puis-je m'entretenir avec vous un instant s'il vous plait ?

- Mais qui êtes vous ?

- Vous ne me connaissez pas… Mais je dois vous parler, j'ai tenté de vous joindre par Pigeons voyageurs mais votre fenêtre était fermée.

Il regarda par la fenêtre et aperçu une vingtaine ne pigeons assommés gisant sous la poignée.

- Ok, montez, j'enfile un slobard et je suis à vous.

- Merci

Trois petits « toc » retentirent sur la porte. Il entrouvrit et aperçu une jeune femme accompagnée d'un homme, tout deux asiatiques, énigmatiques, sympathiques, mâchant des tac-tics (équivalant des tic-tac de l'autre coté du monde -- force de Coriolis).

-Entrez ! Dit Nelson

Ils avaient l'air inoffensifs et sentaient la menthe. Ce qui est toujours mieux que d'avoir l'air antipathique et de sentir les toilettes.

- En quoi puis-je vous aider ?

- Non, Monsieur Nelson, c'est nous qui venons vous aider. Nous sommes envoyés par vos services. Je suis Ding, et voici ma collègue Dong. Nous étions en service avec Ping, Pong, Lee, Chang, To, Pee, Tee, Fu, Tû, Pang, Pu et Didier, mais ils sont tous morts, sauf Didier. Nous sommes envoyés pour vous venir en aide.
- Par qui ont-ils été tués ?
- Par la ligne des gens qui détestent les prénoms d'une seule syllabe.
- Mais qui me prouve que vous êtes sincères et bien sérieux ?
- Nous faisons parti du la ligue des gens sincères et bien sérieux. Et nous connaissons votre matricule
- Soit, quel est il ?
- 007OSS117FX18

Nelson se sentit soulagé. Ses supérieurs avaient du estimer que la tâche dépassait les possibilités d'un seul agent après la mise en cause du gouvernement pakistanais.

-Hélas je me trouve dans une impasse en ce moment. Dit Nelson en ingurgitant la seconde moitié de son poivrier.

- Je parle anglais, malais, chinois, breton, et beauf ! Dit Dong

-Mmmm… Cela pourrait devenir utile

Ensemble, il ressassèrent de nombreuses fois l'épisode des assassinats, tentant de trouver une raison logique à cet acte. Le souvenir encore vif, Larry alla à trois reprises prendre une douche froide tout nu en position fœtale à cause du choc, ce qui allongea quelque peu la discussion. Le peu d'informations du Birman ne justifiait pas un meurtre. Ou peut-être était-ce la présence de Nelson… Mais lui-même ne savait pas qu'il allait s'y rendre une demi-heure avant. Alors pourquoi ? Comment ? Dans quel but ? Ou ? Daniel Guichard ?

- Une chose est sure, il nous faut percer le mystère du trou de cinq jours

- Comment ça ? Dit Dong, à moins que ça ne soit Ding …

- Il y a un trou de cinq jours dans le déplacement du navire, la clé de cette affaire se trouve dans ces cinq jours ! Nous finirons par rattraper ce capitaine, et lui tirer les verts du nez !

CHAPITRE VII
(Suite des précédents chapitres)

Ding et Dong observaient attentivement Nelson qui leur donnait toutes les informations recueillies jusqu'alors.

- C'est bien le seul moyen de tirer les choses au clair… Trouver ce capitaine et le questionner sans relâche !

- Mais dieu sait où il se trouve en ce moment, nous avons son identité mais pas sa position…Comment retrouver sa trace ?

- Avec les méthodes classiques, passer par la compagnie de voyage, les ports, les amis, les connaissances, et si ça ne suffit pas, on met les bouchées doubles, avec des appâts ! Nous pourrions organiser un festival de marins ou une fête de filles à marin pour attirer tous les marins du pays… Mieux ! Nous pourrions construire une immense tapette, comme une tapette à souris, mais on y mettrai du rhum ou une pute au bout, et là, tac ! On le choppe, et il nous explique comment il a perdu son navire. Mon dieu… 9h déjà ! Je vais descendre diner, ne nous affichons pas ensemble, c'est peut être mieux.

- Vous avez raison ! On pourrait nous reconnaitre ! Dis Dong

- Vous êtes surtout très laid …

- Soit…

- Dites-moi Ding, quel est votre numéro de chambre ?

- Je dors dans la 306 !

- Ils vous ont foutu dans la bagnole ? Les salauds !

- Non, je dors dans la chambre 306 ! C'est le numéro de ma chambre.

- Ah d'accord…

Le lendemain matin, Nelson retourna à l'ambassade afin de pouvoir joindre la compagnie de navigation Pakistanaise et aussi afin de raconter à l'ambassadeur les nombreuses péripéties de ces derniers jours.

- Il nous faut mettre la main sur ce capitaine de bateau… s'écria l'ambassadeur.

- Vous n'avez personne pour le moment ? demanda Nelson

- Non, nous avons interrogé tous les capitaines de la région mais pour le moment, pas de résultat. Hadock était bourré, Igloo est toujours dans ses colins et Cavern reste, lui aussi, introuvable. Cela dit, j'ai une piste avec leurs employeurs, vous devriez les contacter.

Un homme de service uniquement habillé d'une gommette apporta un bottin immense dans lequel Nelson pu trouver le numéro en question.

- Mais cette homme est nu !

- Non Nelson, vous avez mal vu ! Il à une gommette collée sur la cuisse, c'est une vieille coutume par ici. Moins l'habit est flagrant, plus le serveur est respecté !

- Je vois… Lors de mon bref passage à Paris j'ai moi-même expérimenté de nombreuses choses dans les clubs de la capitale. Notamment ce soir ou cet homme étrange à tenté de m'insérer un livre de gommettes dans le...

La sonnerie du téléphone l'interrompit.

L'ambassadeur lui tendit le combiné :

- Pour vous Larry ! Karachi ! La compagnie ! Les employeurs des marins !
- Allo ? Appelez-moi le directeur !
- C'est lui-même ! Dit une voix au téléphone
- Pourriez-vous me dire ce qu'est devenu le capitaine ayant coulé le Patchanga ?
- Il a quitté la compagnie il y a deux ans monsieur ! Nous ignorons totalement ou il se trouve ! Il n'a même pas suivi ses hommes lors du rapatriement, Désolé !
- Mince…
- Autre chose ?
- Non non
- Je peux ?
- Oui

Il raccrocha

- Je l'aurai un jour ! Je l'aurai !!!

De toute évidence, ce capitaine avait de lourdes choses à se reprocher pour vouloir disparaitre de la sorte.

Le soir, Nelson s'allongea sur son lit King Size avec matelas à eau et songea à la disparition du capitaine quand on frappa à la porte. Ding se faufila dans la chambre.

« Enfin des informations » pensa Nelson

- Bonsoir Larry !

- Bonsoir !

- Je suis venu vous avertir, je n'ai aucune information, même lors de mes recherches au poste de police, je n'ai trouvé personne et le colonel était absent.

- Je vois… donc je suppose que pour ce soir, c'est foutu pour les rebondissements.

Soudain, le téléphone retentit ! Nelson décrocha et répondit à son correspondant .

- Oui ? … Oui…. Evidemment mais…. D'accord… Non mais parce que je… Oui colonel… Je voulais justement vous…. Non non…. Avec des melons ?! … ça alors ... Dans ce cas je… ok…. Mais il… ok… j'arrive !

Le colonel ayant raccroché assez rapidement, Larry déposa le combiné et s'adressa à Ding.

- Il veut que je vienne en toute urgence à son bureau, je n'ai rien compris à ce qu'il racontait. Restez à l'hôtel ! Je vous contacterai à mon retour ! Si je ne suis pas là avant demain matin, appelez l'ambassadeur et donnez lui l'adresse !

- Croyez-vous qu'on pourrait vous retenir, vous torturer et vous arracher les bourses ?

- Heu… Je… Je ne sais pas mais il est préférable de tout prévoir ! Le colonel s'est contenté de ma version des faits quand je lui ai raconté le double meurtre de la boutique. Peut-être a-t-il changé d'avis...

- Vous avez raison ! Je veille à votre retour… Il pourrait très bien vous assommer, vos emprisonner ou vous bruler les burnes au briquet !

- Merci merci Ding, s'en est assez des suppositions, agissons ! Agissons ! Je file !

Arrivé dans le bureau, il aperçu, à coté du colonel, une militaire en uniforme, chemise kaki, cravate kaka, jupe stricte tombant au dessus du genoux. Le colonel était habillé de la même manière, avec une jupe un peu plus courte.

- C'était compliqué de tout vous expliquer au téléphone. Voici le lieutenant Lina Mia, la fille unique de Kah Mia et de Mamma Mia.

Nelson salua la jeune femme et remarqua la finesse de son visage qui dénotait beaucoup avec les gros traits du colonel. Le gradé reprit rapidement en remontant ses bas.

- Le père du lieutenant est mort. Nous ne connaissons pas le mobile du crime mais elle connait les noms des ennemis de son père et j'ai pensé qu'il serait intéressant de provoquer votre rencontre.

- Bonne idée. Rétorqua Nelson.

La jeune femme prit la parole

- J'étais certaine qu'il arriverait malheur. Les signes s'étaient multipliés.

La personnalité apparemment très rationaliste de son interlocutrice laissa Nelson décontenancé. Jamais il n'imaginerait que la jeune lieutenant pouvait être superstitieuse. Il se garda de l'interrompre.

- Hier matin, mon père flatula trois fois de suite, de manière très sèche et directe. Chez nous, cela signifie qu'il pouvait s'attendre à la visite de quelqu'un qui aurait besoin de son assistance. Il m'a avoué ensuite que cela faisait trois jours qu'il faisait ça à la même heure. Il vous sentait arriver. C'est le destin.

- Ah bon ? questionna Nelson éberlué

- Oui, mon père n'aurait pas du quitter la maison, car les flatulences ont repris de plus belles le soir à table ainsi que lors du baptême du fils de ma sœur, en pleine église. Un signe en plus. Quand le signe se fait de plus en plus fort, nous avons tors de l'ignorer. La mort le guettait.

Larry eu du mal à cacher son étonnement croissant. Si les superstitions se mêlent aux enquêtes policières, il n'était pas sortit de l'auberge.

Elle reprit

- Depuis que j'ai choisi la carrière militaire, ma vie est différente. Terminé les barbies, les petits poneys, les gros poneys, les dolly youpi, moo moo la vache qui chante, les kinders bueno, le club des cinq et les spice girls. Je suis une femme de terrain avec de grandes responsabilités. Je travaille parfois 26 heures par jour et j'ai des nuits de trois heures parsemées dans la semaine. Le dimanche, je le passe à travailler, et lorsque je n'ai pas assez d'une semaine pour boucler ce que j'ai à faire, je demande au gouvernement d'inventer un jour supplémentaire, le Ferdi, afin de terminer mon administratif. J'ai des hommes à diriger et je travaille aussi dans l'humanitaire. Je fais partie de l'association « Une balançoire pour gros David » qui permet de récolter des fonds afin que David, un enfant obèse, puisse se payer une balançoire assez solide qui ne casse pas. En parallèle, je réalise des documentaires sur l'armée Birmane et particulièrement sur le grave problème du syndrome des orteils mous chez les militaires. Bref, tout ça pour vous dire que je ne voyais plus souvent mon père. Lors de ses funérailles, j'entrepris de fouiller ses affaires et parmi diverses lettres, j'en ai découvert une, ainsi qu'un journal de bord dont le texte pourrait vous intéresser.

Etirant la culotte qui lui rentrait dans la raie à travers sa jupe, le colonel regarda Nelson d'un air sarcastique.

- La lettre date d'il y a trois mois… et elle vient de Bangkok ! Vous devinez par qui elle est signée ?

- Le capitaine du cargo !!! Bigre ! Et le journal de bord aussi ?

- Non, le journal de bord à été retrouvé sur une île déserte, rédigé par Bernard Lavilliers.

- Le chanteur français ?

- Lui même ! Il se trouve que c'est un adepte des voyages, et qu'il faisait partie de l'équipage du bateau. Il devait se trouver là par pur hasard.

- Voilà pourquoi depuis quelques mois, nous sommes sans nouvelles de lui en France... Songea Nelson.

- Cet extrait de journal peut nous apporter des informations cruciales, mais je pense que c'est surtout la lettre qui peut nous mener au capitaine... répondit le capitaine.

- Laissez-moi tout de même jeter un oeil sur les restes de ce journal de bord...

- Faites donc !

La jeune femme tendit le journal à Nelson.

CHAPITRE HUITRE

Journal de bord du naufrage de Bernard Lavilliers (Extrait)

JOUR 42 : Toujours sans nouvelles de Miguel, la dernière fois qu'on l'a aperçu, il se débattait prisonnier des flots dans une mer déchainée tentant de sauver une écrevisse qui se noyait. Le pauvre homme a disparu. Le récif m'a bien secoué la tête. Nous avons fait un feu avec des cailloux près de la plage. Nous avons dû manger le mousse pour survivre… J'ai manger la bite pour faire rire Pedro mais il était trop occupé à pleurer.

JOUR 43 : L'abstinence est difficile, on a croisé ce matin un indigène. Il a disparu aussitôt en clignotant. Je ne sais pas si c'était un mirage, il semblait vendre des robes, des chapeaux, ainsi que des petites cacahuètes grillées au caramel. Cela me rappelle des fins de concert alcoolisés où l'on aperçoit des choses floues. Les conditions suite à ce naufrage sont de plus en plus difficiles. Hier, j'ai pleuré avec Pedro car j'ai une ampoule.

JOUR 44: Violence ! Violence ! Pedro s'est battu avec une poule et à perdu son pied. Je me suis cassé deux dents en essayant de manger une tortue. Décidément, la vie des naufragés est parfois cruelle. Nous avons pleuré avec Pedro car j'ai mal au bide.

JOUR 45 : Cinq jours sans manger. C'est peut être ici le dernier témoignage que je couche sur ce papier. J'ai revendu le pied mort de Pedro à un vieil indigène qui m'a donné la somme de deux pesos pour acheter à manger. J'ai acheté des maracas … Ho nooon… Ma passion pour les rythmes tropicaux me perdra.

JOUR 46 : Idée… Les aliments non mâchés mais néanmoins digérés ressortent en gardant leur forme et leurs même saveurs… A tenter !

JOUR 47 : Très mauvaise idée d'hier.

JOUR 48 : J'ai insulté un type qui me ressemblait pendant presque tout l'après-midi. Pedro m'a expliqué qu'il s'agissait de mon reflet dans l'étang. La faim nous tiraille le ventre ! Je vendrai père et mère pour me faire un buffet au Campanile .

PS: Mes problèmes de dents cassées sont résolus. J'ai remplacé mes incisives par deux chewing-gums qui trainaient dans ma poche. C'est un peu mou mais j'ai l'air d'un américain.

JOUR 49 : J'ai signé un autographe à un crabe qui n'en a pas voulu. Alors je lui ai donné un coup de boule. J'ai une pince coincée dans le front mais la journée commence bien. Pédro est parti nager pendant plus de 4 heures mais sans son pied il tournait en rond, ce qui m'a permis d'avoir toujours un oeil sur lui. Ce matin nous avons trouvé des oeufs et du ketchup dans un nid près d'un arbre…Enfin de la nourriture ! Mais je me demande tout de même quel animal à pu pondre le ketchup. Hier nous avons ri, car on a aperçu un nuage qui ressemblait à Richard Anthony.

JOUR 50 : Pedro a du charme…Sa façon de balancer ses cheveux en arrière en grattant sa barbe…Sa grosse veine apparente sur son front lorsqu'il rigole… Il doit plaire à pas mal de femmes et d'hommes dans son pays. Aujourd'hui j'ai composé une chanson de 50 pages mais la mer à effacé tout le texte que j'avais écrit sur le sable. Pedro a pleuré mais je lui ai fait un bisou pour le consoler. Il m'a regardé bizarrement.

JOUR 51 : Pedro est de plus en plus beau… J'ai l'impression qu'il ne me regarde plus. Le soleil donne a sa peau le teint bronzé d'une danseuse tahitienne. J'aime à l'observer lorsqu'il va se baigner au petit matin. L'eau ruisselle sur ses épaules comme un torrent de désir sur sa peau matte et halée… Ce soir va être une bonne soirée… Je suis un homme heureux…

JOUR 52: Pedro est parti. Avant de partir, il m'a frappé au visage en criant des choses incompréhensibles en portoricain. Sois-disant que j'aurai tenté des trucs dans la nuit… N'importe quoi ! J'avais de la fièvre ! Je divaguais ! Quel connard ! Voilà ce qui arrive à faire son allumeuse. On a que ce qu'on récolte ! Jamais je ne me laisserai avoir de la sorte à nouveau.

JOUR 53 : Je suis seul sur l'île. J'ai mis un message dans une bouteille que j'ai envoyé à la mer… On ne sait jamais. J'ai aussi chié dans un bidon vide et je l'ai également jeté à la mer pour ne pas encombrer la plage de défections. Un bateau est passé au loin. Ils ont repêché le bidon… mais pas la bouteille… je pleure.

JOUR 54 : Je suis seul sur l'île. Mes dents en chewing-gum sont tombées pendant la nuit. Mes yeux sont rouges. Un hydravion vient de se crasher au nord de l'île… C'est celui de Philippe Lavil ! Si je le chope, je l'encule ! Il va passer un bon séjour.

CHAPITRE IX (iiiixe)

- Diantre ! S'écria Nelson. Quel récit bouleversant. Mais cela ne nous avance pas... Nous étions déja au courant du naufrage... Et cette lettre ? Que dit-elle ?
- Voyez par vous-même. Dit le capitaine.

La lettre était écrite au stylo à bille dans une écriture chancelante.

« … Je regrette de m'être laissé embarquer dans cette histoire. C'est vous le responsable ! Vous et vous seul ! Moi qui ai tout vu tout vécu. J'ai traversé les mers du sud, vaincu des monstres marins avec une marinière et un petit pompon. J'ai résisté au chant des sirènes et j'ai terrassé le terrible cyclope qui louche. J'ai traversé la Manche à la nage et la Nage à la manche. J'ai mangé du poulpe, de la méduse mortelle, du poisson rouge et du ragout de pygmée chez les tribus cannibales. J'ai même mangé un fauteuil roulant à Maubeuge un soir de pluie. Jamais je n'oserai reprendre du service dans la marine désormais. Quand je pense à ce que nous avons manigancé... J'ose à peine me regarder dans un miroir. Je n'ai toujours pas de nouvelles de l'équipage... Pédro et Bernard sont toujours portés disparus. J'insiste, si l'on vous questionne à mon sujet, prévenez-m'en de toute urgence ! Et n'oubliez pas, si je tombe, je vous emporte dans ma chute en citant votre nom. Ne m'écrivez plus, plus ici en tout cas. »

Il semblait évident que le vieil homme multicolore mort dans les bras de Nelson n'était pas blanc comme neige. Il photocopia la lettre et rentra à l'hôtel afin d'en informer Ding et Dong.

- D'après cette missive, il semblerait que le capitaine soit retenu prisonnier à Bangkok contre son gré.

- Oui cela va de soi ! répondit Dong

- C'est-à-dire ?

- S'il est retenu prisonnier c'est forcément contre son gré.

- De quoi ?

- Parce que vous avez dit « prisonnier contre son gré », c'est forcément contre son gré vous voyez ?

- Et sinon vous allez me faire chier longtemps ou on peut continuer à bosser sur l'enquête ? Non mais faut le dire hein ?

- Oui pardon …

- La solution la plus logique serait d'aller sans plus attendre à Bangkok très rapidement !

- Oui cela va de soi…
- Quoi encore ?
- Non mais par rapport à votre phrase… « Sans plus attendre rapidement »
- Vous voulez un stylo dans le nez ou mon poing dans l'œil ?
- Pardon monsieur Nelson… Dit Dong
- Excusez Dong. Dit Ding. Mon frère est très à cheval sur les formulations de phrases.
- Profitons de cette accalmie passagère pour aller à Bangkok.
- Une accalmie est, par définition, passagère. Corrigea Dong.

- Nous enverrons un bref résumé au gouvernement.
- Un résumé est toujours bref. Dit Dong.
- Et nous procèderont par étapes successives...
- Bah... oui... des étapes, c'est toujours « successives »
- ça va vraiment finir par me saouler là... Dit Nelson. Dégagez d'ici vous ! Allez m'attendre dans le Patio intérieur !
- Un patio c'est toujours à l'intérieur Monsieur Nelson.
- Houlala... Je vais lui en coller une... Partons à Bangkok !

Le lendemain matin, ils débarquèrent séparément dans la capitale. Ding connait bien Bangkok. Ses odeurs, ses magasins, et tout ces connards dépourvus de testicules qui tapent les chiens pour rendre leur viande plus tendre.

- Il nous faut infiltrer le Fu Chin Twan, le plus grand institut de massage de la capitale. Temple de la luxure et de la volupté.
Dit Nelson

- J'y suis allé en couverture ultra secrète ce matin ! Répondit Dong. Je me suis fait passé pour un client, j'ai commandé trois filles et un massage intégral.

- Et alors ? As-tu réussi à avoir des informations ? Le capitaine est-il passé par ici ? Demanda Larry

- Hélas non, aucune info. Figurez-vous qu'elles sont très fortes dans la dissuasion ! J'ai complètement oublié de demander.

- En gros tu es en train de nous expliquer que tu t'es tapé des putes au frais de l'état français ?

- Heu… vu comme ça…

- Bref. Ding ! C'est à toi de jouer ! Tu devrait postuler là-bas, et t'infiltrer !

- Moi ? dit Ding

- Oui, tu pourra avoir accès aux dossiers, et à la direction !

- Mais… Mais c'est une maison close !

- Mais non pas du tout, c'est un institut de massage. Regarde. C'est écrit sur la façade !

- Pas du tout. Vous venez de le dire ! Ce sont des prostituées. Rétorqua Ding

- Ding…écoute moi ! Tu es Charlie ou pas ?

- Quoi ?

- T'es Charlie ou pas ?

- Ben heu… oui je suis Charlie mais bon heu… je ne vois pas le rapport. Répondit-elle désorientée.
- Alors voilà, si t'es Charlie tu dois le faire.

La seule et unique méthode de persuasion de Larry Nelson face au refus était de demander bêtement si oui ou non son interlocuteur était « Charlie » sans vraiment savoir ce que cela voulait dire. Il avait juste remarqué l'efficacité de la formule. Ding accepta de demander un emploi dans l'institut. Involontairement, Nelson envia les inconnus qui auraient la faculté de la désigner pour être massés par elle. Jaloux pour une autre raison, Dong déclara de manière hypocrite :

- C'est toujours elle qui a le joli rôle ! J'aurai très bien pu le faire moi aussi.

CHAPITRE X (Comme les films)

Les candidatures des jolies filles étaient toujours bien vues dans ce grand institut. Une asiatique d'un certain âge, sorte de Madame Claude du bouge, s'assurait que les nouvelles avaient une compétence assez poussée en matière de massage érotique.

Ding, une fois en tenue de rigueur, reçut elle aussi les leçons précise de la vieille dame que tout le monde respectait. L'œil vif et le phrasé lent, madame Klot lui expliqua les rudiments du lieux :

- Ma chère enfant, si le client est insistant, et, si, suite à vos refus, il use de la force pour

tenter de vous convaincre, vous avez sous le fauteuil de massage une petite pédale qui vous permettra d'activer une trappe qui le fera tomber dans une piscine à balles. Là, trois judokas homosexuels violeurs récidivistes viendrons s'occuper de lui afin de lui expliquer de ne pas recommencer. Mais n'ayez crainte, cela arrive très rarement !
Ding approuva de la tête

- Le plus important, poursuivit l'ancienne, c'est l'accueil.

Ding ne pouvait s'empêcher de penser que la confiance de la vieille dame allait lui être bien utile pour récupérer des informations sur tout ce qui se passait dans la maison.

- Tu es de loin la plus jolie fille de la maison aujourd'hui, et comme tu es nouvelle, je vais te faire un cadeau de bienvenue. Ton premier client sera le directeur de cet établissement. Suis-moi et entre dans cette pièce.

Ding entra dans la pièce et attendu patiemment l'arrivée de l'étranger sur le fauteuil en osier. Elle se rappela une vieille affiche de film érotique des années 70. Elle prit la pose que Sylvia

Krystel avait sur les anciennes publicité pour le film « Emmanuelle ». Au bout de 15 minutes d'attente et après quelques crampes, elle décida de prendre une autre pose. Celle de Paul Preboist dans « Mon curé chez les nudistes ». A peine avait-elle amorcé le mouvement qu'un homme entra dans la pièce.
Il avait un visage très brun, si brun qu'il se confondait avec les boiseries accrochées au mur. Ses yeux noirs d'un vif éclat fixaient Ding, il n'avait l'air ni d'un Chinois, ni d'un Malais. Le teint de sa peau n'en faisait pas un rouquin non plus, il ne faut pas exagérer, nous sommes dans une aventure exotique, il n'y a pas de rouquins dans ce roman.

Avec gentillesse elle lui prit le poignet et l'invita à s'installer dans la baignoire quand elle remarqua un étrange tatouage sur son épaule. Un bateau et un perroquet. L'homme avait l'air d'un pirate.

Soudain, Ding eut un étourdissement. Hasard ? Coïncidence ? Etait-ce lui ? Là ? Tout de suite ? Daniel Guichard ?

Elle cherchait quelles questions elle allait pouvoir lui poser pour acquérir une certitude pendant qu'il se déshabillait quand elle aperçu sur son épaule gauche un second tatouage. Une sirène,

des vagues, des mouettes et un cyclope qui louche. Cette fois ci, elle était de plus en plus sûre d'avoir entre ses mains l'homme recherché.
Elle lui dispensait des caresses d'une douceur affolantes et savamment perverses afin de hâter en lui l'envie d'enlever totalement ses vêtement pour se ruer dans la baignoire le plus vite possible. C'est quand l'homme trapu retira la dernière pièce de tissus qu'elle eu la certitude d'être face au capitaine du navire tant recherché. Emoustillé par les caresses de Ding, l'homme dévoila ses attributs vaillants et elle pu y lire sur son sexe tendu un troisième tatouage qui disait : « Moi, Marin, Capitaine, La mer n'abandonne jamais un homme seul mais l'homme seul en mer ne l'est pas totalement. La mer me manque et je ne peux y retourner. C'est donc dans le cœur que je navigue, et je reste enfermé ici dans cette ville, avec sous les pieds un sol trop fixe et une ligne d'horizon qui reste la même ».
Une fois certaine de son identité, Ding et lui vécurent des moments d'euphorie dans cette petite chambre meublée, et, une fois la journée terminée, elle put vaquer à ses occupations.
Dans la soirée, elle appela Nelson d'une cabine pour lui fournir les informations tant recherchées.

- Je l'ai trouvé ! dit Ding

- Déjà ? Répondit Nelson.
- Il est le propriétaire de l'institut
- Etes-vous certaine que c'est bien lui ?
- Oui, j'ai vu les tatouages, le bateau, le cyclope qui louche et tout le reste !
- Avez-vous eu affaire à lui pour votre engagement ?

Ching bredouilla une phrase incompréhensible. Nelson tira de cette réponse des conclusions qui répondirent à sa question. En gentlemen, il évita de s'attarder sur le sujet.

- C'est vrai qu'il à une phrase super longue tatouée sur la bite ?

J'ai dit, EN GENTLEMEN, IL EVITA DE S'ATTARDER SUR LE SUJET !

- Pardon. Dites-moi Ding, avez-vous pu déterminer où il loge en ce moment ?
- Hélas non, je n'ai aperçu aucune entrée privée dans la maison. Il faudrait que vous veniez voir par vous-même !
- Soit, j'arrange ça avec Dong. Il va falloir que vous restiez encore quelques jours là-bas. Je suis désolé de vous infliger ça.

Larry raccrocha et convoqua Dong dans sa chambre. Il se demandèrent comment un capitaine de cargo pouvait s'offrir un établissement de ce genre.
Un silence plana (comme Georgette)

- Notre homme à l'air bien protégé. Il est entouré d'une surveillance hallucinante. Il y à même une piscine à balles avec des Ninjas violeurs qui…

- Oui je sais ! dit Dong

- Comment le savez-vous ?

- Je… Un… Un ami m'a raconté.
Répondit-il d'un air gêné.
Un autre silence plana (comme Mike Brant)

- Nous le kidnapperons coute que coute et nous l'amènerons en Birmanie. Mais impossible de le faire à l'institut. Trop de gardes. Nous le ferons à l'extérieur et l'emmènerons en voiture à la frontière. Là, j'appellerai le colonel. Il faut que je retrouve les plans de cette tapette à souris géante que je voulais construire…

- Cela risque d'être peut-être un peu voyant, ne pensez-vous pas ?

- Tu as raison Dong, élaborons un plan efficace. Du début à la fin ! Si seulement une ellipse pouvait survenir…

CINQ JOURS PLUS TARD…

Les préparatifs enfin achevés, tout les contretemps possibles avaient été minutieusement étudiés. Cette fois, le mécanisme était bien huilé. Le piège était prêt, il n'y avait plus qu'a y faire tomber le pirate.

Vers 16h30 de l'après-midi, l'ancien capitaine se disposait à sortir de son appartement quand la sonnerie du téléphone retentit. « Dring Dring ! » fit le téléphone dans son rôle sans surprise de téléphone qui sonne. Le perroquet qu'il avait sur l'épaule eut l'air soudainement étonné alors que logiquement, il n'avait aucune raison de bouger, car c'était un tatouage. Le directeur de son établissement était au bout du fil.

- Patron ! Une fille est ici, elle demande à vous parler. Elle dit qu'elle est la fille de votre vieil ami. C'est tout ce qu'elle m'a dit. Je n'en sais pas plus.

Le sang du pakistanais ne fit qu'un tour, puis un autre ensuite mais dans l'autre sens, il perdit une dent et saigna du nez.

- Passez la moi !

- Monsieur Khan ?

- Oui c'est moi !

- Je m'appelle Lina Mia, mon père vous a peut être parlé de moi...

- Que voulez vous ? Que me voulez vous ? Que venez vous chercher ici ? Et dans quel but ? Pourquoi donc ? Comment ? Ou ? Quand ? Daniel Guichard ?

- Je veux vous informer qu'il est mort depuis près d'une semaine

- Mais c'est horrible ! Que faites vous encore avec lui ? Il faut l'enterrer ! Vite ! Hâtez-vous jeune fille !!

- Je n'ai jamais dit que j'étais avec lui ! Les funérailles ont eu lieu.

- Vous m'avez fait peur ! Que lui est-il arrivé ?

- Il a été retrouvé à son bureau de l'agence gisant sur le sol, avec un trou de balle énorme.

- Donc, c'est officiel, Jack Lang est de retour dans la région …

- Non, il a été fusillé dans son bureau. Et la police n'a pas pu arrêter l'assassin.

- Je suis sincèrement désolé, dit-il d'une voix émue. Mais comment avez-vous pu me trouver ?

- J'ai retrouvé une lettre et un journal de bord du chanteur Bernard Lavilliers entre deux magasines pornographiques cachés dans son tiroir. La missive était cachée entre le « mega teub pack » et le truc dégoutant sur la dernière tentation de Jésus.

- Je reconnais bien là l'énergumène. Songea-il.

- Dans cette lettre, vous lui demandiez de vous prévenir si on venait le questionner à votre sujet. Et bien voilà c'est chose faite.

- La police est-elle au courant de votre présence ?

- Non ! Je suis venue seule.

Le sang du capitaine fit un troisième tour dans son organisme et il perdit une deuxième dent à l'idée que cet appel le mettait dans une situation dangereuse. Il était marin certes, mais avait gagné le prix du « Marin le plus trouillard du Pacifique » pour s'être effrayé face à un bulot en 1982 lors de la « grosse merguez party de Tourcoing ».

Pourtant, il devait récupérer cette lettre. Il dit à la jeune fille :

- Voyons nous, ce soir chez moi !

- Je préfèrerai à mon hôtel, ce soir à 22h. J'enverrai quelqu'un vous chercher. Vous le reconnaitrez, un bonze très gaillard, il vous conduira à ma chambre. Soyez gentil avec lui.

- Je n'ai pas l'intention de le couler mademoiselle, je suis un homme éduqué.

- Parfait alors ! Et puis, couler un bonze dans un hall d'hôtel, c'est très mal vu.

- A ce soir !

L'ex-capitaine ne pensait qu'à l'étrange conversation qu'il venait d'avoir avec la jeune femme, et il avait un étrange pressentiment…

Il avait raison, les marins sentent ce genre de choses (en plus de sentir le poisson). Lina Mia, à cet instant précis, était avec Nelson au téléphone.

- C'est bon ! Il a marché ! Ce soir à l'hôtel à 22h, il sera là.

CHAPITRE XBIS (Presque le 10 mais pas tout à fait le 11… Un peu entre les deux)

Nelson avait pris place dans le hall de l'hôtel dès 17h pour être certain d'être bien en avance. Il était assis dans un grand fauteuil en cuir marron. Il avait garé sa voiture de location parmi les voitures des touristes et avait commandé un Bloody Mary. Le bar étant fermé à 17h, c'est le pompiste qui lui apporta le breuvage. Manquant de Vodka, il remplaça l'alcool par de la bière et de l'huile de vidange. Toujours très poli, Nelson se contenta de remercier, pris une gorgée, et comme à son habitude, recracha tout par le nez en tentant d'être discret.

Lorsque le capitaine apparut, il le reconnu du suite, l'habitude des missions et de la reconnaissance faciale. Et peut être aussi grâce à son caban sur lequel était inscrit en jaune « El capitanos del bâto ». Dong s'approcha de Nelson pour lui murmurer à l'oreille que l'homme était venu sans escorte.

Pendant de longues minutes, le capitaine et Lina eurent une conversation animée. Nelson aurait donné cher pour l'entendre. Mais il savait qu'il aurait tôt ou tard les informations. Dong était debout et observait la foule. Il remarqua deux hommes étranges assis au bar. Il se pencha pour en informer Nelson.

- Merci Dong ! Dit-il. Je me suis assuré de mettre le contact sur la voiture sur le parking. Si tes doutes sont avérés, bloque leur le passage dès que j'aurai démarré, et met leur des bâtons dans les roues.

Si le marin avait apporté ses gorilles, l'affaire risquait de devenir plus chaude. Les gorilles, c'est plus gros que les morilles, et ça rigole moins quand on touche au patron.

Sur le parking, Nelson ne dirigea vers sa porche alors que Dong le suivait à l'arrière pour s'assurer du bon déroulement des opérations. Il vit soudain

le marin sortir du hall et s'accroupit entre deux voitures. Une passante lui cria « Il y a des toilettes pour ça gros dégueulasse ! ». Heureusement, les cris de la dame ne réussirent pas à distraire le capitaine qui continua vers sa voiture, une Milf ! Heu… Non… Une Cougar ! Une Ford Cougar ! Nelson se redressa quand il entendit qu'on ouvrait la portière de la Cougar. Le capitaine lui tournait le dos. Nelson lui assena un coup de matraque magistral sur la nuque qui le fit tomber en avant sur le siège passager. Perdant l'équilibre, Nelson tomba à son tour sur le marin. Une passante s'écria « Il y a des chambres d'hôtel pour ça, espèce de gros dégueulasses ». Bien obligé de jouer le jeu, Larry fit quelques caresses sur le crâne du capitaine assommé avant de le pousser pour de bon dans la voiture, de démarrer en trombe et de mettre les voiles.
Nelson pouvait enfin se réjouir d'avoir à ses coté le capitaine du bateau. Il roula, roula, roula en direction de la frontière mais s'arrêta à mi-chemin sur le bord de l'autoroute. Il lui fallait maquiller de manière crédible son passager assommé pour qu'il passa pour un collègue de route plus que normal. Après avoir tenté de le déguiser en bobo parisienne à l'aide de rouge à lèvre et d'une perruque brune en carré plongeant. Il décida

finalement de l'enrouler dans du papier cellophane transparent et de le poser sur la plage arrière de la voiture. Alors que le capitaine reprenait ses esprits, Nelson le briefa.

- N'oubliez pas, je vous tiendrai à l'œil dans le rétro. Si il y a un contrôle, vous vous faites passer pour un nachos, un gros nachos sous cellophane. Et si les autorités ne me croient pas, vous confirmerez mes dires en confirmant : « Si senior ! Yé soui oun nachos »

Les choses dites, Nelson démarra à nouveau. Seul ombre au tableau, aucunes nouvelles de Dong qui devait le rejoindre sur cette même route.

Soudain, une berline noir heurta l'arrière de la Ford pour aller ensuite lui faire barrage en la doublant vers la gauche sans même mettre de clignotant. Tellement malpoli ! Bloqué sur l'asphalte, Nelson coupa le contact et sortit son revolver. Deux individu sortirent de la Berline avec deux armes également . L'un d'eux parla :

- Du calme cher monsieur, nous ne vous voulons aucun mal.

- Sérieux ?

- Oui oui sérieux !

- Alors laissez tomber les flingues !

- Certainement pas… Donnez nous le Capitanos et vous aurez la vie sauve.

Nelson put reconnaitre la silhouette du deuxième homme… Il avait en face de lui l'assassin de la boutique.

- Allons allons Nelson, nous sommes quatre et vous êtes seul. Vous n'avez aucune chance. De plus, il nous suffit d'appeler les autorités pour que vous soyez immédiatement emprisonné. Le capitaine est un homme protégé et respecté par ici.

Contre son gré, Nelson du abdiquer et se résoudre à les laisser le détacher.

- Soit, allez-y, détachez-le !

- Yé souis oun grosse nachos ! Fit le capitaine

- Plus la peine de jouer ! Dit Nelson. Vous êtes libre.

- Yé soui lé nachos ?

Nelson se demandait comment ces types avaient pu le suivre… Dong ! C'était la seule solution ! Ils l'avaient surement capturé et torturé pour lui arraché des aveux. Ils lui avaient surement fait le sale coup de la limace dans le derche oui de l'album de Jul en boucle. Pauvre Dong… Ces monstres.

Le gorille japonais ne semblait pas se soucier des interrogations de Larry. Il se demandait comment il allait extraire cet énorme Nachos de l'arrière de la Cougar. L'homme se pencha sur le siège arrière pour tenter d'extraire le capitaine enfouis sous des tonnes de guacamole glissant quand Nelson pointa son arme vers son visage et s'adressa au meurtrier de la boutique resté près de la Berline.

- Déguerpissez ou je le bute ! C'est mon otage désormais !

L'homme n'avait pas le choix, voyant que Nelson ne bluffait pas, il du laisser son camarade seul et s'enfuir avec la Berline.

Sans prévenir (il aurait été con de prévenir), le gorille Japonais se jeta sur Larry. Une empoignade d'une rapidité effarante mit les deux hommes aux prises. Le Japonais, voyant qu'il avait affaire à un spécialiste, passa du judo au karaté, puis de l'olive aux chatouilles, en passant par la cuisine vegan. C'est ce dernier affront qui terrassa notre héros. Sa technique du karaté n'égalait pas les crampes d'estomac provoquées par un steak au tofu. Le gorille s'empara du pistolet de son adversaire gisant au sol.

Etourdit par la douleur, Nelson n'avait pas la moindre envie de se relever. Il entendit le

crissement des pneus de la berline de l'assassin de la boutique. Il était revenu.
Et alors se produisit un truc tout à fait imprévisible complètement impossible à prévoir. (pléonasme hallucinant qui fait halluciner). A ce moment précis, (tenez vous bien), le gorille japonais (vous allez halluciner de ouf !), introduisant à nouveau sa tête à l'intérieur de la Cougar (rien de sexuel), braqua le pistolet de Nelson sur la tempe du marin et lui tira une balle en pleine tête. (Truc de fou)
Le bruit fit sursauter Nelson à terre. Le gorille lui appliqua sur le front le canon encore fumant de son revolver.
Je vous avais dit que les gorilles c'était pire que les morilles. La prochaine fois au restaurant, pensez-y au moment de commander. Vivement le prochain chapitre !

CCAHPRTIRE XI ()

Passé l'étonnement de l'orthographe désastreuse du mot « CHAPITRE », le colosse ordonna à Nelson de ne pas bouger.

- On vous avez dit de suivre nos directives ! Maintenant, démerdez-vous tout seul !

Il fit un pas de coté, puis un pas de deux pour finir sur un pas de bourrée, puis s'en alla vers la voiture pour rejoindre ses camarades. La berline partit à toute allure vers Bangkok.

Nelson avait perdu cinq kilos rien qu'a tenter de se remettre de l'excellente maitrise des arts martiaux de son ennemi. Première pensée, première action,

se débarrasser du cadavre ! Il se leva pour contempler le capitaine, ou du moins ce qu'il en restait. Son crâne s'était mélangé au guacamole, il fallait de toute urgence abandonner le corps et faire en sorte de retarder la reconnaissance. Il s'empara de ses papiers d'identité et de son portefeuille. Nelson aperçu une rivière sur le bas coté de la route. Non sans mal, il s'empara du corps et le jeta à l'eau.
Hélas, la période sèche faisait qu'en ces mois de chaleur intense, la profondeur des rivières n'excédait pas 20 centimètre. Le capitaine tomba tête la première dans une masse de boue et le corps se planta net dans la terre, raid comme un piquet.
Déçu par la mauvaise tournure que prenait son plan. Nelson descendit le ravin afin de pouvoir appuyer sur la dépouille afin de réussir à le cacher un peu plus dans la boue. Il remonta dans la voiture et s'installa au volant. Il tenta de démarrer la voiture mais rien à faire, quand on a la baraka, on l'a jusqu'au bout. La voiture était foutue. Il jura, pleura, jura encore, craqua un peu en chantant du Sardou à tue tête et en riant de manière hystérique comme Bruce Campbell dans Evil Dead, puis il pris sa tête entre ses mains et tenta de se calmer.

-Ça aurait pu être pire ! Se dit il à lui-même. Il pourrait il y avoir du passage. Dieu merci, il n'y a personne.

A ce moment, Larry vit justement des feux dans son rétroviseur. (Quand on a la baraka…). Il craqua à nouveau, se mit en slip et hurla à la mort en se tapant sur le torse alors qu'il courait sur la route. De toute évidence, notre héros gérait mal l'accumulation de mauvaises péripéties et les situations de stress.

Lorsque Nelson en plein craquage fut pris dans le faisceau des phares, la voiture arrivante freina brusquement. Dans un sursaut de lucidité, Larry cessa ses sauts de lapin et observa les hommes qui en sortaient

- N'ayez crainte ! C'est moi, Dong ! Que s'est-il passé ? Vous êtes en panne ? Et que faites vous en slip ? Vous-êtes vous fait cambriolé ? Nelson se détendit instantanément. Dong jeta un œil à l'intérieur de la voiture et s'exclama :

- Mais… Ou est le capitaine ?

- Je t'expliquerai toute l'histoire sur la route, qui sont ces hommes ? Demanda Nelson

- Ce sont les hommes du bar ! Des agents Pakistanais, nos alliés.

Sur la route, Nelson apprit que les deux Pakistanais étaient des hommes du colonel envoyés eux-aussi pour percer le mystère des armes disparues. Le colonel avait misé sur deux tableaux sans juger bon d'en aviser Larry. Quel petit filou celui-là ! D'ailleurs, c'est exactement ce que Nelson pensait quand l'explication lui arriva. Il se dit « Quel petit filou celui-là ». Au même instant, les deux Pakistanais s'écriaient : « Quel petit filou ce colonel ! ». Il semble donc clair à ce point de l'histoire que le colonel peut être considéré comme un petit filou.
La voiture, arrivée à un croisement, put opérer un virage en épingle à cheveux, puis un autre en lime à ongle, afin de finir avec un troisième en dé à coudre qui la remit sur le chemin de la capitale. Durant le trajet, les questions fusèrent. Pourquoi Larry avait il survécu ? Comment avait-il pu être repéré alors qu'il n'a quasiment pas quitté l'hôtel ? Pourquoi avaient-ils supprimé le marin ? Dans quel but ? Pourquoi ? Daniel Guichard ?

- J'y suis ! dit Nelson. Le capitaine était la preuve vivante qu'il y avait un lien entre lui et l'homme mort dans mes bras à la boutique. Il leur fallait le supprimer ! Ils vont s'en prendre à sa fille !

- Le capitaine à une fille ? Demanda Dong

- Non ! La fille du mort !

- Quel mort ?

- Le type mort dans mes bras !

- Le type mort dans vos bras était une fille ? Incroyable !

- Non non… Le type mort dans mes bras avait une fille !

- Et elle est morte dans vos bras ?

- Non ! Vous ne comprenez rien ! S'énerva Nelson. Elle est la preuve que son père et le capitaine se connaissaient. Ils vont s'en prendre à elle ! Une complicité a uni ces deux hommes, ces meurtres signifient qu'on essaie de cacher quelque-chose d'énorme ! Bien plus important que le trafic de quelques armes.

- Alors on fait quoi ? Demanda Dong

- On fonce et on prévient la lieutenant. Je l'ai prévenue de ne pas prendre la lettre sur elle, mais ils ne le savent pas. Il faut rattraper la Cougar !

- Elle ne me semblait pas si vieille. Dit Dong.

- Je parle de la voiture des assassins. Ils doivent avoir 20 bonnes minutes d'avance. Fonçons !

Dés leur entrée dans Bangkok, ils dénichèrent une cabine publique afin de prévenir Lina Mia du danger imminent.

- Nelson au téléphone ! Je ne vous dérange pas ?

- Un peu, je suis dans un endroit que la pudeur m'oblige ne pas vous dévoiler. Un endroit secret qui contient des linges, du papier en rouleau et une chasse d'eau, et je suis assise depuis vingt bonnes minutes.

- Dites-moi, avez-vous informé le capitaine de vos horaires de départ ?
- Oui, je lui ai dit que je m'envolais demain pour une autre ville. Pourquoi ? Avez-vous eu des problèmes ?
- C'est compliqué. N'ouvrez la porte à personne surtout ! Enfermez-vous dans votre chambre. Surveillez le balcon, des gens sont probablement à vos trousses. Il se peut qu'ils essaient de vous kidnapper. J'arrive avec du renfort. Le colonel avait prévu deux agents sans nous prévenir...

- Quel petit filou celui là ! Dit Lina.

- Nous sommes bien d'accords ! C'est un petit filou ! Je vous rappellerai plus tard.

Arrivé à l'hôtel il appela la chambre de Lina. Celle-ci décrocha, la voix chancellante.

- Larry ? C'est vous ?

- Oui ! Tout va bien ?

- Oui mais quelle frayeur… J'angoisse depuis votre appel. Pourquoi voudrai-on me voler cette lettre ?

- Je ne me sent pas l'envie de vous réexpliquer le début du bouquin pour le moment, vous le lirez vous-même. Je fais monter des gardes du corps à votre chambre sur le champs.

- Mais le capitaine ? Qu'en est-il ? Avez-vous pu le capturer finalement ?

- Oh la la ! C'est une longue histoire… Un de ces histoires à dormir debout avec des asiatiques, des flingues, des nachos, de la boue, du guacamole et de la bagarre. Je vous laisse. Bonsoir, tentez de vous reposer !

Nelson avisa d'aller rendre une petite visite à l'institut de massage. La bande adverse allait sans doute fouiller s'endroit pour y mettre la main sur les papiers que le capitaine détenait.

- Il nous faudra rentrer dans l'institut ! Dit Nelson. Nous nous ferons passer pour des clients. Achetons du Viagra pour nous fondre dans la masse. Je suis un as en matière de couverture. Si ces papiers ont de l'importance pour eux, ils en ont pour nous. En route !
Ce soir là, Ding faisait justement partie de l'équipe de service. Elle était toujours en infiltration dans la maison close. Dong et Pouh, un des agents du colonel, étaient tout deux entrés par la porte principale. La plupart des filles étaient en train de regarder un programme de télévision animé par un très vieil homme très connu des médias du pays, My Chên Drouk Er. My Chên Drouk Er animait depuis plus de cinquante ans un talk show ou les célébrités de la nation se livraient sur un canapé rouge.
Ding et Pouh choisirent deux filles afin de pouvoir monter à l'étage sans se faire repérer. Une fois dans la chambre, Ding renversait malgré lui les bibelots et les lampes pour avoir trop pris de Viagra. Pendant que la fille rangeait le désordre, il se jeta sur elle. Il saisit la serviette qu'il avait autour de la taille et en fit un bâillon. Puis, à l'aide d'une autre serviette, il emprisonna ses chevilles. Après avoir attaché les deux pieds de la demoiselle, il constata avec stupeur qu'un troisième pied était

encore libre. La présence de la centrale nucléaire à deux pas du centre ville avait fait des ravages dans la région. Certaines filles de l'institut avaient trois pieds. Il attacha le troisième pied au lit (qui lui, en avait quatre, mais rien de plus logique pour un lit.).

- Je ne te veux aucun mal ! Tiens toi tranquille !

Il imaginait que Pouh avait pu maitriser la fille avec laquelle il était monté de son coté. Même s'il pu imaginer que s'eut été plus difficile pour lui, car la Malinoise qu'il avait choisi avait une bonne demie douzaine de bras. Il consulta sa montre et appuya volontairement sur le bouton de la sonnerie d'alarme. Les ninjas punisseurs ne s'étaient pas fait désirer pour faire irruption dans la pièce. Dong avait préalablement calé au dessus de la porte, une enclume de plusieurs tonnes et un piano. (Il avait vu ça dans un cartoon sur une télévision à l'hôtel). Les hommes furent assommés sur le champ. Entre-temps, Nelson était dans le hall et demandait expressément les services de la patronne. « Enfin quelqu'un qui reconnait l'expérience » dit la vieille dame en retirant son dentier. Lorsque la porte de la cabine d'ascenseur fut fermée, Nelson changea d'attitude.

- Dis donc la mamie, gare à toi ! On va s'arrêter au premier étage et tu vas me montrer le bureau de ton patron sinon je te casse les dents.

- Non ! Pas mes dents !

- Si ! Je les ai dans la poche en ce moment ! Au moindre geste, je les écrase avec mon pied !

La matrone ne put qu'accepter la proposition, elle n'avait pas le choix.

La porte de l'ascenseur se rouvrit sur Dong et Pouh qui venaient tout deux d'accomplir leur mission.

- Maintenant la vieille ! Tu vas nous conduire à ton patron ! dit Nelson

- Oui, nous ne te voulons aucun mal, nous voulons le boss ! Enquilla Ding

- Hé oui morue ! Nous sommes des gentlemen, nous ne nous en prenons pas aux vieilles peaux comme toi la mocheté ! On a une éducation !

- Exactement vieille trainée du derchon ! On est des gentlemen !

- Hé oui Mamie Pipe ! On sait se tenir devant les dames, ce n'est pas toi notre ennemie !

- Alors maintenant Mémé Trou , montre nous le chemin ! On est éduqués nous ! On est bien élevés !

Madame Klot les guida vers une porte entrouverte qui laissait apparaitre une douce lumière. Nelson souffla à Pouh :

- Passez-moi votre flingue et empoignez cette vieille sorcière.

Nelson, le doigt sur la gâchette, se précipita dans la pièce sombre qui s'ouvrait à lui.

CHAPITRE XII

Un chinois grisonnant qui était occupé à trifouiller dans un tiroir leva la tête quand il entendit grincer la porte ; il sursauta quand il vit Nelson s'avancer vers lui pistolet au poing. C'était Tchang, le directeur de l'établissement. L'homme était à l'époque un très bon ami d'un reporter européen qui se baladait toujours avec un capitaine de bateau alcoolique et un petit chien blanc. Il était désormais un vieux directeur de maison close. Plusieurs dossiers étaient étalés sur la table.

- Reculez jusqu'au mur ! dit Nelson

- Il n'y a pas de mur mais que des paravents. Répondit le chinois

- Ne jouez pas sur les mots, reculez ! On vous a téléphoné ?
Il fit signe que oui. Nelson commençait à relier les pièces du puzzle qui formaient cette soirée. Le capitaine n'avait pas été suivi uniquement quand il s'était rendu à l'hôtel, mais on avait toujours espionné ses allers et venues. Nelson y voyait plus clair. C'est qu' il s'y connaissait en puzzle. Il était aussi fort en puzzle qu'au Monopoly, au Docteur Maboul ou au Loup-garou.

-Vous êtes aussi notre otage désormais, vous allez faire en sorte que nous sortions de cette maison sans encombres. Si je vois une chose de louche, je vous abats !

- Comme le groupe ?

- Quoi ?

- Abats !

- Ne jouez pas sur les mots ! Vous m'avez très bien compris. Allons-y !

Ils s'entassèrent dans l'ascenseur et tentèrent de supporter l'haleine effroyable de la matrone qui, comme le voulait la coutume, chantait elle-même la musique d'ascenseur par manque de moyens. Ils arrivèrent au rez-de - chaussée et déambulèrent de manière naturelle dans le hall. Plus on demandait à Nelson d'être naturel, moins il y arrivait, il sortit de l'ascenseur avec une démarche de cow-boy en mâchant sa cravate et en chantant américain. Comme vous avez pu le constater précédemment, Nelson gérait mal les situations de stress. Au grand dam de ses collègues agents. Ils laissèrent la vieille dame dans son institut et sortirent sur la parking ou les attendait la voiture.

A peine furent-ils installés que Nelson dit à Pouh :

- Vite ! Chez Ding maintenant ! Elle ne va pas tarder à rentrer.

Pour obtenir les aveux du chinois, ils lui passèrent un briquet sous le nez afin de lui bruler les poils de la moustache. Pouh s'y connaissait beaucoup en torture pilaire. Une fois, il a fait craquer un dangereux terroriste en lui épilant le genoux.
Le marché qui fut offert à Tchang était simple. Après avoir quitté son petit ami reporter, on le pria de s'installer dans la ville. Son téléphone ainsi que celui du capitaine furent mis sur écoute. C'est ainsi que les ennemis avaient pu apprendre simultanément l'existence de la lettre, le lieu du rendez-vous, et la recette du yaourt à la choucroute. Tchang dit qu'il avait été engagé à l'institut uniquement pour se faire de l'argent mais depuis quelques jours, on lui avait ordonné de

détruire toute correspondance provenant de Rangoon ou de Karachi.

Nelson examina les feuillets qu'il avait récolté sur le bureau. Après avoir écrasé douze personnes, les passagers se rendirent compte qu'il conduisait et qu'il ne pouvait pas consulter les feuillets en même temps. Les lettres que le vieux Birman au trou de balle avait écrites au capitaine étaient étonnantes. Il lui conseillait de prendre son mal en patience et d'éviter de ressasser le passé. Mais pas d'indice sur ce qu'était devenu le bateau ni sur le trafic d'armes. On y pouvait lire un agacement d'être sous la coupe d'une organisation. Nelson note :

- Ces ordures essaient d'effacer la moindre piste. C'est certain, ils vont s'en prendre à Lina ! Elle est notre dernière chance !

- Dans ce cas ils devraient vous tuer aussi ! Dit Dong. Pourquoi s'acharnent-ils à vous épargner ?

- Il faut absolument aller à l'hôtel ! Lina Mia est en danger. Il faut la couvrir jusqu'à son arrivée à Rangoon. Dit Pouh.

Le lendemain, au départ de Lina, son taxi fut suivi par Nelson et les autres agents. Nelson était dans une voiture, Pouh aussi, Ding était à pied mais il avait de bonnes sandales qui lui permettaient

d’aller aussi vite qu’un petit taxi. Un autre monsieur que personne ne connaissait était sur un chameau qui lui-même était sur un ballon sauteur. Ding était là aussi. Elle était soulagée, elle ne retournerai plus à l’institut mais elle avait hâte de rencontrer quelqu'un afin de pouvoir montrer tout ce qu’elle avait pu apprendre là bas. La brouette irlandaise, le tamis berbère, le boubou écossais, la flûte camerounaise ou l’hélicoptère foreuse, elle pourrait tout apprendre à ses futurs amants. Curieusement, le trajet de nos héros vers l’aéroport ne fut émaillé d’aucun incident susceptible de les inquiéter.
Arrivés à l’aéroport, Nelson se tourna vers les pakistanais :

- Plus rien à espérer de l’institut pour le moment. Je vais moi aussi retourner en Birmanie. Plus de nouvelles de la Cougar et des assassins. Leur chef doit résider à Rangoon comme l’attestent ces lettres. Si vous croisez le colonel, dites lui que Lina doit encore être gardée. Et dites lui que bon sang… C’est un petit filou !

- Et moi ? Dit dong

- Toi et Ding irez directement à Singapour. Vous n’avez pas de raison de m’accompagner. Ding ? Ding ? Ding m’entends-tu ?

Ding fixait le hall de l'aéroport sans bouger. Son regard s'était dirigé vers les canapés d'un des angles de la salle d'attente. Un canapé Ikea sublime de la gamme Svôrenk brillamment posé sur un tapis Ckulïk et éclairé par une lampe Svelkn, mais ce ne sont pas les meubles que Dong fixait. Il s'inquiétait de voir un voyageur en pleine conversation avec Lina. Un voyageur au physique de gorille.
La glotte de Nelson fit « gloups » quand il aperçu, juste à coté du gorille, l'assassin de la boutique, déguisé habillement afin que personne ne le reconnaisse.

Nelson reprit ses esprits et dit :

- Bon… On est d'accord que ça pue du cul là non ?

- Oui grave ! ça pue du cul !
Confirma Pouh

- Heu… On va se dire que ça pue du cul pendant trois heures ou on va agir ? Demanda Dong.

- Oui. Dit Nelson. Je vais prendre un billet. Et je monterai dans l'avion à la dernière minute. Vous, montez avant moi ! Ils ne connaissent pas votre visage. Pouh ! Envoyez un message au colonel et dites lui que le meurtrier se trouve dans l'avion et que l'appareil doit être cerné dès qu'il sera posé.

- Je ne peux pas pour le moment. Dit Pouh. Le colonel est à son cours de danse classique et nous ne pouvons le déranger.

- Quand le cours se termine t'il ?

- Dans cinq minutes.

- Et bien faites le dans cinq minutes.

Cinq minutes plus tard, Pouh avait le colonel au téléphone.

- Allo ? Colonel ?

- C'est lui-même.

- Nous avons besoin d'un comité d'accueil de toute urgence.

- Une seconde, j'enlève mon tutu. C'est dingue ce qu'on suinte dans ces trucs.

- Envoyez des hommes à l'arrivée du prochain avion vers la capitale !

- Je me suis rasé une jambe pour voir si ça coulissait mieux à l'enfilage mais non, c'est pareil.

- C'est urgent ! Nous sommes à deux doigts de mettre la main sur le meurtrier du père de Lina Mia !

- Est-ce que je rase l'autre du coup ? Ou alors je laisse pousser la première… Bref. Toujours est-il que je vous félicite. Je serai à l'arrivée avec mes hommes pour vous accueillir.

Le surlendemain, au coucher du soleil, Nelson était à Rangoon, il marchait dans les jardins de l'ambassade de France. Il avait un look résolument swag. Un mélange de vieux jeu et de modernité, un truc spécial que seul les agents français ont lors de leurs voyages à l'étranger. Un mixe entre teintes sépia, beiges, de la laine, du tergal, du mocassin. Un look qui rappelait les grandes heures de Jacques Chirac dans les années 70.

Un employé vint le chercher pour le mener à l'antichambre du cabinet de l'ambassadeur ou un fauteuil était déjà occupé. Nelson sourit.

- Ding ! Mais que fais tu ici ?

- J'apportais votre valise monsieur Nelson. Vous êtes parti si vite à Bangkok !

- Mais je vous croyais à Singapour …

- Avant tout, comment s'est terminé le vol ? Les deux hommes ont-ils été cueillis à leur descente de l'avion ?

- Justement, je venais tout raconter à l'ambassadeur. Vous entendrez tout. Ces 50 minutes de vol furent les plus longues de ma vie !
Ils continuèrent à parler quand l'ambassadeur en personne et en slip en laine vint ouvrir la porte de son bureau.

- Je veux tout savoir ! Entrez ! Asseyez-vous ! Et racontez moi tout !

Nelson commença son récit :

- Et bien voilà. Le meurtrier du père de Lina était déguisé certes, mais très mal. Il avait eu la mauvaise idée de se déguiser en crevette. Et tout le monde sait que les crevettes ne prennent jamais l'avion toutes seules. D'ailleurs, les crevettes ne prennent jamais l'avion. Ou alors, uniquement dans les plateaux repas. Bref, mauvais choix de costume. Du coup, il fût arrêté en premier. Et comme toutes les crevettes, l'homme n'était pas très courageux. Il a parlé assez rapidement une fois que le commissaire l'avait menacé de le manger avec un pot de mayonnaise et du vin blanc. Ses révélations ont permis d'arrêter un Japonais nommé Tamatingha, qui réside à Rangoon, et dont il avait reçu l'ordre de supprimer l'homme de l'agence qui est mort dans mes bras quand je lui appuyais sur le trou de balle.

- Mais ce Japonais … Comment pouvait-il vous connaitre ?

- Justement ! C'est la question que je me posait depuis cinq jours mais laissez moi poursuivre. Tamatingha était à la tête d'un réseau appartenant à un organisme dont la création a été motivée par la nécessité vitale, pour le Japon, d'accroître par tous les moyens son expansion industrielle : un Service d'Action Économique. Un truc énorme qui se fout totalement de l'humain, des valeurs, de l'écologie, de la planète et du respect de l'autre... tout comme notre président français... En fait, comme dans tout pays en développement, leur but était de faire la nique à toute forme de concurrence, qu'elle soit Russe, Américaine ou Européenne. Cela n'inclut évidemment pas les Suisses, comme souvent dans les histoires passionnantes.

Il demanda un bloody mary sans grande conviction. On lui apporta un chewing-gum à la tomate. Il s'avala cul-sec avant de poursuivre :

- Ce réseau était bien installé déja à l'époque ou Tamatingha eut l'idée de vendre clandestinement les armes contre du cash et de partager le magot avec le capitaine. Et la véritable idée fut de procéder au chantage suivant : Où la marchandise était cédée à ses maitres chanteurs, où le bateau était coulé !

L'ambassadeur demanda :

- Eh bien, le naufrage à bien eu lieu ! C'est à n'y rien comprendre !

Nelson fit un air de « Je sais tout » sur un sourire « tête à claque » :

- En réalité le bateau s'est sabordé tout seul ! Mais pas avant d'avoir soigneusement déchargé son contenu en mer à bord d'un frêle esquif Japonais. Un billet à chacun suffisait à acheter le silence des petites mains. Voilà pourquoi les armes retrouvées ont été débarquées avant la disparition du navire. Et si les Birmans retrouvaient les armes chez les insurgés, cela constituerai un instrument formidable pour un chantage diplomatique. Rappelez-vous que les Japonais ont occupé ce pays pendant la dernière guerre avant d'envahir Paris et le quartier des Galeries Lafayettes. Ils connaissaient donc le pays comme leur poche.

- Mais quand vous êtes allés au camp... qui donc a dénoncé votre venue ?

- Aucune idée, émit Nelson. Mais si nous procédons par élimination, il ne reste pas grand monde...

- Le chef des rebelles !!!??? Ce trou du cul !

- Non, pas lui !

- Ah bon ? ah... Tant mieux... Je l'aime bien ce type. Il est beau en plus.

- Le gardien des prisonniers. Les armes avaient été déchargées à Bangkok et transportées à dos de Ratons Laveurs jusqu'a la grotte. Il a fallu beaucoup d'animaux pour transporter trois tonnes d'armes. Des éléphants auraient été plus facile. Bref. Ce n'était que le plan A de cette mascarade. Moyennant quelques pièces, la prostituée croisée dans sa cage mena les soldat vers la grotte avant de se faire chopper.

Nelson recommanda un Bloody Mary. On lui apporta une choucroute.

- Du coup j'ai compris... Si les prisonniers ne disaient rien, c'était pour protéger la fille...

L'ambassadeur, pensif, se pétrit le nombril d'un air hagard :

- Au fond vous avez une chance de cocu... Cette organisation aurait pu vous tuer à tout moment...

Nelson rétorqua :
- Ne parlez pas de Raymonde en ces termes. Je ne suis ni chanceux ni cocu... Pour le cerveau de ce réseau, me supprimer eût été la pire des erreurs. Imaginez le bordel que susciterai la disparition d'un enquêteur Français...
Ding observait Nelson qui, lui dédiant une petite grimace amicale, les narines écartées et le sourire niais, déclara en aparté :

- Sans votre aide, rien n'aurait été possible. J'espère que votre expérience au Bordel ne vous a pas semblé trop pénible.
- J'ai fait ce que vous attendiez de moi ! Murmura-t-elle du haut de son fauteuil roulant, tentant de couvrir le son de son anus artificiel. N'est ce pas l'essentiel ?
- Evidemment ! Admit-il. J'ai beaucoup pensé à vous. Il faut parfois savoir se sacrifier en gardant la tête haute et le regard fier.

L'ambassadeur interrompit les confidences en tirant une conclusion à cette dangereuse aventure.

- On a dit que les Japonais copient tout, comme Michel Leeb, Malik Bentalha ou Rolland Magdane. En fait, dans ce cas, il n'ont fait que suivre le mouvement lancé par les USA. La loi du marché, l'appel au plus offrant, déja si dure dans notre société, n'a pas finit de dévoiler un visage guerrier et corrompu. Surtout si de telles méthodes se généralisent....

- Elles se développeront, prédit Nelson. Quid de l'expansion industrielle.
- Hélas oui... Cela m'inspire une chanson... Puis-je ?
- Je ne sais pas vraiment si c'est le moment. Confia Nelson à l'ambassadeur. Nous sommes à la fin d'un roman d'espionnage. Je pense que la conclusion ne nécessite pas une chansonnette.
- Mais laissez moi au moins vous fredonner le premier couplet.
- Non non vraiment... C'est très bien comme ça... Nous ne sommes pas dans une comédie musicale.
- Dommage.

FIN

"Mlle Anders, je ne vous avais pas reconnue toute habillée..."

Roger Moore

Sommaire :

Biographie de l'auteur :

Yann Stotz né le 4 juillet 1932 en Alaska, ce qui fait de lui l'octogénaire le plus jeune de sa génération.
Après une violente altercation avec un lion de mer nommé Bernard et un phoque sans charisme nommé Tristan, son père lui somme de prendre la tengeante et de partir loin de la froideur nordique afin d'aller tenter sa chance à Paris.
C'est dans cette capitale oh combien festive qu'il découvre bien malgré lui les méandres du métier.
Il y croise des producteurs bedonnants, des attachés de presse tatoués et même une directrice des programmes d'une chaine de la TNT dont la passion est d'avaler des sabres de toutes formes et de toutes couleurs.
C'est avec cette passion bouillonnante que Yann Stotz suit les traces du grand Michel Tourtelle et se prend bide sur bide au Moloko.
C'est alors que Gerard Sibelle, le découvreur de Florence Foresti, la moins connue des Taupes

Modeles, découvre notre artiste et lui fait part de ses états d'âmes.
Soudain tout s'enchaine. Spectacles, télévision, cinéma… Notre héros, ni hautain, ni pédant, ni mondain, fait la une du "Dauphiné Libèré", du "Républicain Lorrain", et de « La France d'en bas écarte plus » ou il retrouve en page centrale la directrice des programmes de la TNT faisant un numéro oh combien périlleux avec un labrador et des boules de ping-pong.
Son spectacle est salué par la critique, et quand je dis la critique, je parle de LA critique, LA seule, Michelle Boursiquot, de Télérama, voit en lui un chanteur fantaisiste phallocrate et scatophile ce qui, dans sa bouche, ne peut être qu'un compliment. La critique de Michelle Boursiquot est reprise par Jacky Jacubovitch du Club Dorothée dans le JJDA. Donc, merci à eux, merci Jacky et Michelle.
En parallèle, Yann Stotz écrit des livres et réalise des films sur les gros pieds, ce qui lui permet de lier une forte amitié avec Jacques Weber et Shy'm. C'est ainsi que COMMENCE UNE HISTOIRE BELLE ET LOUFOQUE QUI SE SOLDE PAR UN LIVRE REJOUISSANT, ET C EST AUSSI LE MOMENT OU L AUTEUR DE CETTE BIO N ARRIVE PAS A DESACTIVER CETTE PUTAIN DE FONCTION MAJUSCULE SUR LE CLAVIER DE SON ORDI !!!!

Printed in Great Britain
by Amazon